Un livre qui fait
du bien pour une
personne qui me
fait du bien.

Bonne lecture
Mon amie.

T...

D1390631

Tom,
petit Tom,
tout petit homme,
Tom

Barbara Constantine

# Tom,
# petit Tom,
# tout petit homme,
# Tom

ÉDITIONS FRANCE LOISIRS

Roman publié avec le concours
de Jean-Étienne Cohen-Séat

Édition du Club France Loisirs,
avec l'autorisation des Éditions Calmann-Lévy

Éditions France Loisirs,
123, boulevard de Grenelle, Paris
www.franceloisirs.com

© Calmann-Lévy, 2010

ISBN : 978-2-298-03656-5

*À Raphaël, le dernier arrivé.*

*Et puis, à toutes et à tous,*
*(gros grincheux, dépressifs heureux,*
*vieilles immatures, petits branleurs*
*(là, il y en a plusieurs qui risquent*
*de se reconnaître), alcooliques*
*pas anonymes, agents très secrets),*
*ma reconnaissance.*

— J'ai dessiné deux fleurs picales.
— Mais... pourquoi « picales » ?
— Parce qu'elles ne sont pas trop !

*Tiré des travaux*
*de recherches en linguistique*
*entreprises vers l'âge de trois ans et demi*
*par Mlle Mahault (ma petite-fille).*

# 1

## Faute de grives...

Elle est encore de mauvais poil. Ça fait au moins trois jours que ça dure. Il se dit qu'elle a peut-être ses ragnagnas. Ça le fait sourire ce mot-là. Ragnagnas... En tout cas quand elle les a, il sait qu'il a intérêt à la mettre en veilleuse. À obéir à tout sans discuter. Et c'est bien ce qu'il fait maintenant. Comme elle a demandé. Il ne bouge plus du tout, respire à peine. Sauf que là, ça fait déjà un bon moment, et qu'il n'avait pas prévu qu'il y aurait un petit caillou très pointu sur lequel il s'allongerait sans faire exprès. Et il commence à lui rentrer dans les côtes, ce con-là. Il aimerait bien glisser sa main libre pour le retirer. Mais la ficelle qu'il tient de l'autre main se met à vibrer au moindre mouvement. Il ne faut surtout pas, ça risquerait de tout faire capoter. Alors pour soulager le point douloureux, il essaye tout doucement de déplacer le poids de son corps, et...

Paf! Ça part. Elle a la main leste, Joss. À voix basse, elle grogne :

— Je t'ai dit de pas bouger !

— Mais, y a un caillou...

— J'm'en fous. Tu bouges plus, c'est tout.

Il ne bouge plus. Et il la ferme. Juste les yeux qui clignent vite pour ne pas pleurer. Le petit caillou pointu s'enfonce entre ses côtes. Ça lui fait de plus en plus mal. Il essaye de penser à autre chose. Sa joue est en feu. Elle doit être hyperrouge. Ça picote. La vache, elle y va pas mollo, Joss. Il sent sa gorge se serrer. Alors il se concentre sur... des fourmis qui passent devant son nez. Elles se sont mises à plusieurs pour transporter un truc énorme, au moins vingt fois plus gros qu'elles. Une crotte de lapin, peut-être.

Joss ne le regarde pas. Elle s'en veut un peu. Et elle se dit qu'elle aurait pu éviter. Mais que, quand même, il est agaçant à se trémousser sans arrêt. Elle l'avait prévenu que ça pourrait durer, il n'écoute jamais... Ah, en voilà un ! Ouf. Elle aussi elle commençait à trouver le temps long. Il est beau, celui-là, bien dodu. Il approche.

Suit la traînée de graines qu'elle a laissée pour lui. Elle pince très fort le bras de Tom. Enfonce les ongles. Il se raidit. Il fixe le merle qui avance vers eux par petits bonds. S'arrête. Repart. Aïe. Il a repéré quelque chose... Non, ça va. Il revient. Trois bonds en avant. La tête à droite. La tête à gauche. Encore trois bonds. Il picore. Et Joss crie...

— Maintenant !

Tom tire d'un coup sec sur la ficelle. Le piège tombe, emprisonne le merle.

Joss saute sur ses pieds.

— Et de quatre !

Elle embrasse la joue bouillante de Tom, le chatouille dans le cou en rigolant.

— Allez, quoi. Fais pas la gueule, mon p'tit Tom.

Il préfère quand elle est de bonne humeur, alors il sourit. Elle sort le merle du piège, le caresse doucement. Effleure de ses lèvres les plumes de sa tête, délicate. Et puis, d'un coup sec, lui tord le cou.

— On va se régaler.

Tom s'est tourné pour ne pas voir.

— Mais ils n'ont pas le temps de souffrir, j'te dis ! Ça va trop vite ! Quelle chochotte tu fais.

Faute de grives...

Ils plument les merles. Deux chacun. Et ils les vident. Joss raconte qu'il y a des gens qui mangent des oiseaux sans les vider. Qu'ils les accrochent par les pattes avec une ficelle et qu'ils les laissent comme ça très longtemps, à faisander. Et quand ils sont mûrs, ils tombent et ils les gobent. Sans les faire cuire, ni rien. Elle éclate de rire en voyant la tête que fait Tom. Mais il ne la croit pas. Parce que, manger des oiseaux pourris avec leurs boyaux et tout ce qu'il y a dedans, ce n'est pas très possible.

— Mais si, je t'assure.

— Mon œil, ouais.

Il finit de vider son deuxième oiseau. Il a envie de vomir et sort en courant. Joss se moque.

— Dégobille pas trop près. Ça va puer jusque dans la maison !

Tom hausse les épaules. Elle en a de bonnes, elle. Appeler ce vieux mobil-home déglingué une maison...

Et puis, elle crie de l'intérieur.

— Y a plus de patates. Tu vas en chercher ?

Il enfourche son vélo, pédale un peu avant de répondre.

— OK, m'man, j'y vais.

Sur le pas de la porte, les mains sur les hanches et les sourcils froncés, Joss gronde. Mais il est déjà loin.

— Arrête de m'appeler comme ça, Tom. Tu vas voir, si j'te chope...

# 2

## Le jardin des voisins

Il n'a pas besoin d'écouter ce qu'elle dit. Il sait déjà. Elle déteste quand il l'appelle maman, c'est tout. Et elle grogne à chaque fois : *Arrête de m'appeler comme ça, Tom.* Avec son air de : *Si j'te chope, tu vas voir c'que tu vas voir.* Mais ça le fait marrer de la faire enrager.

Il couche le vélo dans les hautes herbes. Il longe le chemin jusqu'à la petite haie. Ralentit, tend l'oreille. C'est bon. Y a pas un chat. Il plonge dans la trouée. Passe à l'aise. Joss a essayé l'autre jour, mais n'y est pas arrivée. Elle est restée bloquée au moins un quart d'heure, tellement ils ont rigolé. C'est sa poitrine qui a coincé. Elle dit que sa taille de soutien-gorge, c'est facile à retenir : *100, 100 D, sans déconner!* Joss dit aussi que d'en avoir de si gros, c'est handicapant. Mais pas toujours. Il y a des avantages, des fois. Et ça ne la gêne pas trop d'en profiter.

Dans le potager, il marche à l'ombre de la haie. Il connaît bien le coin. De loin, il repère, puis se décide. Il court dans l'allée. S'accroupit devant un plant. Tire dessus très doucement. Fouille ses racines. Ramasse quatre pommes de terre. Remet soigneusement le plant en terre. Tasse bien autour du pied et repart. Il plonge sous la haie. Mais au moment de ressortir, il se fige. Le proprio est là. Enfin... il ne faut pas exagérer, c'est juste son chat. Mais ils se ressemblent vraiment beaucoup. C'est étonnant. Ils ont tous les deux le dos raide et les sourcils toujours froncés. Pour l'instant, le chat reste assis, le fixe méchamment. Tom baisse les yeux. Ce chat l'impressionne. Comme pour s'excuser, il sort les quatre pommes de terre de ses poches, l'air de dire... *J'ai pris que ça, quoi...* Le chat se lève, avance lentement vers lui. Il marche sur trois pattes. Il en a une de coupée. Ça lui fait une démarche étrange. Il avance sans quitter Tom des yeux, et puis... d'un bond, il s'engouffre sous la haie et disparaît.

Tom soupire. Il a eu chaud.

# 3

## Programme télé

Après le dîner, Tom retourne chez les voisins. Il se planque sous leurs fenêtres. Il aime bien les écouter. Ils sont un peu spéciaux. Entre eux, ils se disent « vous ». Et ils se parlent toujours très poliment, même quand ils sont énervés. En plus, le mari a un accent anglais plutôt rigolo.

Là, ils discutent du programme télé.

— Que voulez-vous regarder ce soir, Odette ? Une film ?

Tom ferme les yeux et pense très fort... *Ah oui, bonne idée...*

— Ah oui, bonne idée.

— Attendez, je regarde la programme. Il y a une documentaire sur l'autre chaîne. Voyons la résumé : aux périphéries des villes...

Tom soupire... *Oh non, ça ne me dit rien...*

— Oh non, ça ne me dit rien du tout, Archibald. Le film, plutôt. À moins que vous ne préfériez regarder le documentaire, évidemment.

Tom sourit... *Vos désirs sont des ordres...*

— Vos désirs sont des ordres, vous savez ça très bien.

Tom jubile. C'est fort, la télépathie. Il tente une petite dernière, avant de partir... *Je vous sers une cocktail, my darling?...*

— Je vous sers une whisky...

Tom grimace.

— ... ou préférez-vous une cocktail, *my darling*?

Ah, quand même.


Il rentre vite annoncer le programme à Joss.

Elle est en train de tracer une ligne noire au pinceau, sur ses paupières.

— Fait chier. J'ai encore dérapé!

Tom n'aime pas quand elle se maquille. Ça veut dire que...

— J'ai envie de sortir ce soir, mon p'tit Tom.

Il fait la tête.

— Boire une bière bien fraîche. Tu veux venir?

Il n'a pas envie, mais il dit quand même...
— D'accord.

Joss conduit la mob. Derrière, sur son vélo, Tom s'accroche à un pan de son pull.

Elle roule de plus en plus vite.

Il a du mal à maintenir son guidon d'une seule main. Il finit par lâcher le pull.

— T'es dingue! C'est un coup à se péter la gueule!

Elle accélère brutalement et par-dessus le bruit du moteur crie sans se retourner...

— Je pars devant! Ça t'apprendra à lâcher sans prévenir.

Tom pédale de toutes ses forces. C'est vache de le laisser tout seul. Il n'a pas de lumière sur son vélo et il fait presque nuit.

Et puis, le café est encore loin.

Il arrive, gare son vélo à côté de la mob, passe devant la vitrine, lentement. Il a très soif, mais n'ose pas entrer. Il voit Joss au bar qui discute avec des gars en buvant de la bière. Elles rient fort, elle et sa copine Lola. On les entend jusque dehors. Il va s'asseoir sur un banc. Regarde les étoiles, et les lumières des maisons qui s'éteignent petit à petit. Les gens ici se couchent tôt. Le patron du café sort, descend le rideau de fer.

Et Tom s'endort.

— Qu'est-ce que tu fais là, toi ?

Il sursaute. Joss le secoue comme un prunier.

— Pourquoi t'es pas rentré te coucher ? T'as vu l'heure ? C'est pas possible d'être aussi bête.

# 4

## Vous aviez remarqué?

Chez les voisins...

Odette se penche à la fenêtre de la cuisine. Elle voit Archibald à quatre pattes au milieu des plants de pommes de terre. Pour éviter de les écraser, il tient une jambe en l'air, comme un chien qui pisserait contre un arbre. Odette trouve ça amusant. Elle pouffe et elle crie :

— Vous êtes tombé sur un os, Archi?

Il se redresse en grognant. Ça ne le fait pas rire. Même pas sourire. Il n'a pas compris ce qu'elle a dit, de toute façon. Et puis, il n'est plus très souple. Son dos le fait beaucoup souffrir en ce moment.

— Il y a une drôle d'animal qui vient visiter notre jardin. Une animal qui marche sur deux pattes et qui porte des chaussures taille 35. Il aime incroyablement nos légumes et nos fruits, vous avez remarqué?

Odette détourne les yeux.

— Juste quelques pommes de...

Elle s'interrompt. Archibald se détend.

— Ah. Vous aviez remarqué aussi, alors.

Il l'invite à faire un tour du jardin. Leur chat à trois pattes les suit. Ils s'arrêtent devant le plant de pommes de terre arraché et soigneusement remis en place par Tom. Ils sourient, amusés. Sauf le chat, évidemment. Le plant lui, commence à tourner de l'œil. Il n'a pas apprécié de se faire manipuler. Archibald l'arrose.

— On ne sait jamais. Il pourrait peut-être repousser?

— Oui, peut-être. Je regarderai dans le livre de jardinage.

Ils vont faire un tour du côté des rangs de carottes. Archibald montre à Odette une carotte abandonnée, posée bien en évidence au milieu du chemin. Elle est à moitié grignotée.

— C'était là hier soir. La fameuse coup du lapin, n'est-ce pas?

Ils rient.

— Quelle chance! Nous allons pouvoir étudier de très près la faune locale. Apprendre des tas de choses intéressantes sur la vie et les mœurs des animaux sauvages, Archi. C'est passionnant.

Puis Archibald va chercher son appareil photo, prend une photo de la carotte grignotée et une autre du plant de pommes de terre replanté. Pour l'album : *Notre première année à la campagne et autres aventures, by Archibald and Odette.*

Et Odette regarde dans son manuel de jardinage, mais ne trouve rien sur la reprise des plants de pommes de terre arrachés puis replantés.

Ça n'est pas prévu, semble-t-il.

# 5

## Retrouvailles

Il attend, immobile, à quelques mètres du portail.

Normal. Le mec qui attend.

Un peu plus tôt, il a cherché à se donner un air. Il a essayé d'abord l'air nonchalant. Les mains dans les poches du pantalon, les épaules un peu relevées, la tête penchée sur le côté. Mouais, pas mal.

Fâché : bras croisés, menton dressé, yeux plissés... Bof. Mais comme très vite, il s'est demandé : pourquoi fâché, dans le fond? Et qu'effectivement, il n'a pas trouvé de raison valable, il a laissé tombé.

Après ça, il a essayé l'air péteux : c'est comment péteux, déjà? Mais là, il n'a pas cherché du tout, parce qu'il n'avait pas spécialement envie d'avoir cet air-là, de toute façon.

Et donc voilà, il a décidé de se planter sur le bord de la route sans aucun air spécial. Juste lui, immobile et naturel.

Pas très facile, en costard noir, cravate noire, chemise blanche...

Il attend. Depuis plus d'une demi-heure.

Le son d'une mobylette qui approche. Et comme un courant d'air froid qui lui descend d'un coup le long de la colonne vertébrale. Il se demande en panique s'il n'aurait pas mieux fait de se choisir un air, finalement. Là, il a sûrement l'air d'un... Il n'a pas le temps de trouver quoi, la mob apparaît en haut de la côte. Ça y est. C'est bien elle. Deuxième courant d'air froid dans le dos. De loin, il voit qu'elle le voit qui l'attend, immobile devant son portail. Et il se dit qu'elle doit penser : c'est quoi ce croque-mort qui attend devant mon portail? Il sent qu'elle a envie de faire demi-tour. Il a les jetons qu'elle le fasse. Non, elle ne le fait pas. Et là... Oh, putain, ça y est, elle l'a reconnu.

Elle descend de sa mob, retire son casque lentement, le regarde, mais n'approche pas. Lui, il est toujours aussi immobile. Il n'avait pas prévu qu'il serait à ce point pétrifié. Il sent qu'elle se méfie, mais n'arrive pas à être sûr de ses autres émotions. Elle profite de ce temps mort pour remballer la trouille qui l'a envahie. Elle repousse la grosse vague, gèle son cœur. Tout ça en deux secondes et demie, mais qui semblent des heures. Évidemment.

— C'est toi?

— Ben... oui.

— Comment t'as fait?

— Fait quoi?

— Pour me retrouver?

— Ben, un peu par hasard, en fait...

— Ouais, ouais, c'est ça. Et pourquoi tu viens fringué tout en noir, d'abord?

— Je sors du boulot...

— Fringué comme un croque-mort?

— Ben oui... c'est un peu ce que je fais, en ce moment.

— Ah, d'accord. Et c'est marrant comme boulot?

— Ça peut aller.

Il trouve qu'elle pose des questions à la con. Mais, pour l'instant, il s'en fout. Ça fait tellement longtemps qu'il essayait d'imaginer ces retrouvailles. Et là, bingo! Il y est. En plein en train de les vivre. Pas le moment de faire la fine bouche, ou de se prendre trop le chou. L'important, c'est qu'ils soient l'un en face de l'autre, qu'ils se regardent. Et qu'ils se reconnaissent ! Parce que ce n'était pas gagné. Après douze années sans s'écrire, sans se téléphoner, sans photos, ni rien. Elle avait à peine treize ans à l'époque. Là, vingt-cinq. Normal, les changements. À vue de nez, elle a un peu grandi et puis elle a pris des hanches. Et ses cheveux ne sont plus tout à fait de la même couleur. Sa coupe aussi. Une vraie femme, quoi. Il y a juste un truc qui n'a pas bougé. Et ça, il pourrait en mettre sa main à couper. Ce sont ses seins. Ils étaient déjà tels quels, à treize ans. Époustouflants, ses nibards. Ses beaux nibards. Beaux, beaux... Merde, ça y est, il n'arrive plus à détacher ses yeux d'eux deux, nom de Dieu...

Et elle, d'un coup, elle est furibarde. Déjà qu'à la première impression, elle trouvait qu'il n'avait pas beaucoup changé... là, pour le coup, elle en est sûre. Parce que, ça faisait des années, elle aussi, qu'elle se demandait ce qu'il se passerait le jour où ils se retrouveraient. Et jamais elle n'avait réussi à imaginer que ça pourrait être bien. Un peu la trouille, quand même. Parce que Samy, c'est pas vraiment la meilleure chose qui lui soit arrivée dans sa vie. En tout cas, là, ça y est. Il est là devant elle, et... rien. Elle se tâte, mais c'est clair. Ça ne lui fait ni chaud ni froid. Elle est soulagée. Alors, tranquillement, elle lui tourne le dos, et met la mob sur béquille.

— Bon, alors?
— Quoi, alors?
— Ben... qu'est-ce que tu veux? Pourquoi t'es venu?
— Je voulais te voir, c'est tout, Joss.
— Bon, ben voilà, tu m'as vue. T'es content? Alors maintenant, salut.

Elle lui tourne le dos et s'en va.

Ça le pétrifie encore plus. Il n'avait pas du tout prévu cette version de scénario. Ces derniers temps, il aurait plutôt penché pour : on se regarde, on est ému, on entend en fond la musique de « When a man loves a woman » qui monte doucement, et pour finir : embrassage, pelotage de nibards et allongeage sur lit ou autre endroit pour position horizontale. Mais là, ça n'a vraiment rien à voir avec aucune des versions qu'il a imaginées, et il a du mal à l'accepter. Il la regarde s'éloigner.

— Joss! Attends. On pourrait parler un peu...

Elle se met à courir, entre dans le mobil-home, referme très vite derrière elle. Et là, à son tour, il fonce, donne un coup d'épaule dans la porte, lui saute dessus, la fait tomber. Elle se débat. Essaye de lui griffer le visage. Il l'empoigne par les cheveux, la traîne par terre. Elle veut crier mais aucun son ne sort. Elle crache comme un chat. Il la gifle. Elle a peur. Il commence à déchirer ses vêtements.

La porte s'ouvre derrière lui, mais il n'entend pas. Il n'entend plus rien. Il est fou.

— Monsieur, lâchez-la.

Tom est surpris lui-même par la faiblesse de sa voix. Et évidemment rien ne se passe. L'homme continue ce qu'il a commencé.

Ce n'est que quand le canon du fusil se pose sur sa nuque que Samy s'immobilise enfin.

— Je la lâche... OK, je la lâche...

Très lentement, Samy se relève, met les mains en l'air, se tourne pour parler à celui qui tient le fusil.

— Mais qu'est-ce que tu fais avec ça, toi?

— Partez d'ici, monsieur.

— D'accord, petit, d'accord. Mais pose ce flingue d'abord, OK ?

— Si vous ne partez pas, je vous tire dedans.

— Tom ! C'est quoi ce fusil ? Écoute-moi. Il va partir, Tom. Laisse-le partir. Ça va, t'inquiète pas...

— Mais il t'a fait mal.

— Non, non ! Regarde, j'ai presque rien du tout. Tu vois ? Ça va. Il s'en va, mainte-nant. Tu vois, il s'en va.

— Oui oui, je m'en vais...

— Plus vite, s'il vous plaît.

— OK, voilà...

Samy descend les marches à reculons, les mains toujours en l'air.

— Joss, c'est qui ce môme ?

— C'est mon p'tit frère.

— Je savais pas que...

— Il y a plein de trucs que tu ne sais pas, pauvre con.

Il s'éloigne.

— Poufiasse.

— Reviens plus jamais, Samy. T'en-tends ? Plus jamais !

Il marche le long de la route en tenant son pantalon d'une main. Il manque le bouton de sa braguette et la fermeture Éclair est cassée. Juste le jour où il n'a pas mis de ceinture... Il est un peu hébété et marmonne en boucle... *Qu'est-ce que j'ai foutu, je suis dingue... oh merde... ça y est, je suis dingue... mais merde, qu'est-ce que j'ai foutu...*

Joss, encore essoufflée par leur long fou rire nerveux, demande à Tom d'où il a sorti le fusil. Il lui répond qu'il l'a trouvé dans une grange abandonnée. Elle fronce les sourcils. Mais, comme Tom ne lui laisse pas le temps de se fâcher et qu'il lui demande dans la foulée qui est cet homme qui l'a frappée et lui a déchiré ses vêtements, elle répond très vite : personne. Alors, il lui montre que le fusil n'est pas chargé. Elle lui dit de le remettre quand même où il l'a trouvé. Il répond OK. Et ça en reste là.

Pour cette fois.

Cette même nuit, Joss a eu de la fièvre. Tom, inquiet, lui a apporté de l'eau et a passé un linge humide sur son front. Elle a frissonné et claqué des dents un bon moment. Et puis, elle a fini par s'endormir dans les bras de son petit garçon. De son petit Tom.

# 6

## Madeleine

Joss a fait la liste des courses.

*2 poireau* (sans *x*)
*2 carotes* (avec un seul *t*)
*4 œufs* (bizarre, là c'est parfait)
*1 poule* (trop facile)

Tom écarquille les yeux.
— Une poule?
Joss se marre.
— Mais non, je blague. N'empêche, si on avait deux ou trois poules ici, ce s'rait pas si mal.

Tom est assez d'accord, mais... « ici » c'est un peu du « en attendant », alors, qu'est-ce qu'ils en feraient des poules, le jour où ils déménageraient? En appartement, ce ne serait pas terrible. Ça chie partout, ça pue et ça caquette tout le temps. Joss a de drôles d'idées des fois.

— Ce soir je rentre tard, mon p'tit Tom. Tu te feras les restes de midi.

— OK.

C'est la fin de la journée, il part faire les courses.

Il est à la recherche de nouveaux jardins.

Il roule un bon quart d'heure. Le coin n'a pas l'air très habité. Il est déçu. Plus loin, une très vieille maison, pas de lumières. Il couche son vélo dans le fossé, continue à pied. Il s'accroupit derrière un buisson, et écoute. Pas d'activités humaines, ici. S'il y a un jardin, il doit être derrière. Il s'approche doucement. Toujours rien. Il attend encore un peu, puis avance franchement, à découvert. Un gémissement. Surpris, il court se cacher derrière un gros arbre. Un autre gémissement et puis des pleurs...

— ... Non... non... Oh, non...

Tom veut partir. Mais la plainte reprend...

— ... Au secours...

La voix est faible. C'est celle d'une femme. D'une très vieille femme. Elle chevrote. Tom essaye de voir. Et il voit : un tas de vêtements, posés par terre, au milieu des choux. Mais les gémissements reprennent. Il n'y a pas de doute, ils viennent bien du tas de vêtements.

— ... J'ai mal... Oh...

Tom se dit qu'il ne peut pas la laisser comme ça, toute seule au milieu de son jardin, en train de pleurer, la pauvre vieille. Mais d'un autre côté, quand il l'aura aidée à se relever... elle va forcément lui demander ce qu'il venait faire chez elle à cette heure. Et là, il ne saura pas quoi répondre. Et elle, elle risque de s'énerver. Elle voudra peut-être appeler les gendarmes, ou les voisins. Et ça, Joss l'a bien prévenu. S'il se fait prendre, c'est fini. Elle ne pourra rien faire pour le récupérer. Ce sera direct la Ddass, pour lui. Et ça, mon p'tit Tom, tu peux me croire, mieux vaut mourir que d'y aller ! Quand elle dit des mots comme ça, il sait qu'elle ne ment pas.

La Ddass, il a compris. Tout sauf y aller.

Il se lève et commence à s'éloigner. Mais la vieille dame continue de gémir toute seule, là-bas par terre, au milieu de son potager. Tom se couvre les oreilles pour ne plus entendre et se met à courir.

Vingt mètres plus loin, il s'arrête. Il a changé d'avis.

Il s'approche tout doucement.

— Madame?

Elle continue de gémir.

— Madame? Vous m'entendez?

Elle n'a pas l'air de l'entendre. Tom pense qu'elle est peut-être sourde. Ou peut-être qu'il parle trop bas?

— Madame? Je peux vous aider?

Elle sursaute, ouvre grand ses yeux. Et puis elle l'attrape par le bras, s'agrippe à lui comme une furie. Il essaye de se dégager. Elle halète. Il a très peur. Elle ressemble vraiment à une sorcière, avec ses yeux exorbités.

— Aidez-moi, aidez-moi! Oh oui, merci, mon p'tit. Merci, je suis sauvée!

Elle le tient bien. Tom n'arrive pas à la faire lâcher.

— Oh lala... depuis hier soir, je suis là. J'ai cru que j'allais mourir. Et enfin tu arrives, petit homme...

Il croit qu'elle dit : *Petit Tom,* évidemment. Et ses cheveux se dressent d'un coup sur la tête. Comment elle sait son nom, celle-là? C'est sûrement une sor...

— J'ai soif. Aide-moi.

— Je vais chercher de l'eau, madame.

Mais il faut me lâcher, sinon je ne vais pas pouvoir y aller.

Elle hésite.

— Tu vas revenir, dis?

— Oui, oui... je vais revenir.

— C'est sûr?

— Ben oui, c'est sûr.

Elle le lâche. Il recule d'un bond. Elle le regarde, implorante.

Tom part en courant. Il se dit qu'il va lui rapporter son verre d'eau. Mais qu'après, il partira. Il rentre dans la maison. Une forte odeur de pisse de chat lui saute au nez. Il regarde autour de lui. Près du poêle éteint, il y a un vieux chien qui dort roulé en boule. Tom s'approche. Il voit qu'entre les pattes du chien, il y a aussi un très vieux chat au poil tout mité. Les deux vieux se tiennent chaud. Il passe tout près d'eux, prend un verre sur la table, le remplit au robinet, repasse. Ils n'ont toujours pas bougé. Tom se penche. Il voit bien qu'ils sont vivants puisqu'ils respirent. Mais ils doivent être sourds, tous les deux.

Et ils tremblent de froid.

Tom met du bois dans le poêle et rallume le feu. Et puis, il retourne dans le jardin avec le verre d'eau. Il fait maintenant presque nuit. Il a du mal à retrouver son chemin.

— Vous êtes où, madame?

— Ici, petit. Ici.

Il l'aide à boire. Elle est plus calme, maintenant. Ne cherche plus à s'agripper à lui avec ses doigts tout crochus, n'a plus les yeux si exorbités. Et Tom n'a plus peur.

Elle le regarde un moment.

— T'es un bon p'tit gars, toi.

Il regarde ailleurs, un peu gêné.

— Dites, je ne crois pas que je vais arriver à vous porter tout seul jusqu'à la maison. Il faudrait que j'aille chercher quelqu'un.

— Avec la brouette...?

Tom soupire.

— Bon, d'accord. Je vais essayer.

La dame est toute petite et ne pèse presque rien, mais il a quand même beaucoup de mal. Parce qu'elle sent terriblement mauvais. Il n'a pas du tout envie de la toucher. Surtout derrière, sa jupe est toute trempée. Depuis hier sans pouvoir se lever pour aller aux toilettes, c'est normal qu'elle ait fait dans sa culotte, il se dit. Mais ça n'empêche. C'est quand même dégoûtant. Si Joss était là, elle saurait quoi faire. Dans son boulot, ça lui arrive de faire la toilette aux gens. Même qu'elle lui raconte des fois, en rigolant, des histoires sur des vieux chez qui on l'envoie. Des histoires un peu horribles. Mais Joss, elle rit souvent méchamment.

Tom a trouvé une bâche et il en recouvre la dame. Il réussit à la hisser sur la brouette, la pousse d'une traite jusque dans la cour. Il s'assied sur les marches du perron. Reprend son souffle.

À la lumière de la maison, il se rend compte que la dame est encore plus vieille qu'il croyait. Elle a l'air d'avoir cent ans. L'idée même l'effleure qu'elle pourrait bien mourir, là maintenant, devant lui. De vieillesse. Ou de faim, peut-être... Elle est si maigre. Il entre en courant, trouve un vieux quignon de pain qui traîne sur la table, revient, le lui tend. Elle le porte avidement à sa bouche, mais il est tellement dur qu'elle n'arrive pas à le croquer.

— Il faudrait le tremper dans de l'eau pour le ramollir. Je sais plus où j'ai mis mes dents, avec tout ça.

Elle glousse en le disant. Tom est surpris.

— Mon dentier... J'ai dû l'égarer dans le jardin.

— Ah. Vous voulez que...

— Ça ira bien comme ça, va.

Tom lui ramène la bouillie de pain. Elle l'engloutit. La bouche pleine, elle lève d'un coup la tête.

— Et mes bêtes ? Les as-tu vues ?

— Le chien et le chat ? Ils dorment près du poêle. Dites, madame, je vais essayer de rentrer la brouette dans la maison, d'accord ? Vous aurez plus chaud qu'ici.

Il part à la recherche d'une planche pour faire un pont.

La dame marmonne toute seule.

— Tu crois qu'ils seraient venus voir où j'étais ? Non. Rien du tout. Ils ont même pas dû remarquer que j'étais plus là, j'parie. Ces sales bêtes. Je serais morte, ce serait pareil. Mais ils doivent avoir faim aussi, eux. Ils sont si vieux, ils se rendent plus compte de rien. C'est-y pas malheureux...

Tom revient, pose la planche, prend de l'élan et arrive à pousser la brouette avec la dame dedans jusqu'au milieu de la cuisine.

Puis il l'approche du poêle.

— C'est quoi ton nom, déjà, petit ?

— Tom.

— Ah... Eh ben, tourne donc la brouette de côté, veux-tu, petit homme?

Elle caresse son chien et son chat. Qui réagissent à peine.

Et elle se remet doucement à pleurer.

— Vous avez mal?

— Non, Mais mes jambes, j'arrive plus du tout à les bouger.

Elle se mouche bruyamment dans un pan de sa jupe.

— Et puis... ça me gêne que ma jupe, elle soye souillée par-derrière.

— Vous voulez que j'aille prévenir quelqu'un?

— Qui veux-tu qui vienne à c't'heure?

— Je ne sais pas.

— Tu vois bien...

Ils restent un moment silencieux.

— Je pourrais peut-être aller chercher ma mère. Elle saurait quoi faire, elle. Dans son travail, elle s'occupe de gens malades, des fois.

— C'est quoi son travail?

— Aide ménagère.

— Et comment qu'elle s'appelle?

— Joss.

— Joss? C'est drôle, c'nom-là... Mais attends voir. Ce serait pas elle qui venait faire du ménage ici, l'année dernière?

— Je ne sais pas.

— Si c'est celle que j'pense, j'crois bien qu'on est fâchées.

— Ah.

— Elle me cassait toute la vaisselle.

— Oui, c'est bien elle.

— Pour le reste ça allait, mais la vaisselle... c'était pas son fort.

— Je sais. On a des assiettes et des verres en plastique chez nous.

— Mais c'est une bonne fille, sinon.

Tom sourit.

— Oui, madame.

Elle met sa main devant sa bouche édentée, pour sourire sans l'effrayer.

— Appelle-moi Madeleine. Pas la peine de se faire des manières entre nous.


Il a posé sur le poêle un faitout plein d'eau. Une fois chaude, il a versé l'eau dans une lessiveuse. Et puis il a accroché un drap autour de la brouette où était assise Madeleine. De derrière, il l'a aidée à se déshabiller. Ça a pris long. C'était assez compliqué, pour trouver les boutons sans voir ce qu'il faisait. Quand elle a été prête, il lui a demandé de s'accrocher à son cou, et a réussi à la soulever et à la déposer dans la lessiveuse pleine d'eau chaude. Elle a un peu crié. De peur et de plaisir. Aïe, ça pique! Oh, c'est bon! Puis elle a voulu qu'il cherche la bouteille d'eau de fleur d'oranger dans le garde-manger. Pour parfumer l'eau de son bain.

Et maintenant, Madeleine chante à tue-tête. De sa voix éraillée et chevrotante.

Tom s'assied dehors, sur les marches du perron. Ça le fait rigoler d'entendre la vieille dame chanter.

Comme une casserole fêlée.

# 7

## Trop bu

Le patron du bar baisse le rideau de fer. Ils se retrouvent tous sur le trottoir. Très éméchés. Ils ne savent pas où finir la soirée. Paulo, encore plus ivre que les autres, décide d'inviter tout le monde chez lui. Les garçons sont chauds pour y aller. Mais les filles hésitent. Il est tard. C'est loin. Et puis, déjà qu'avec leurs talons hauts, elles n'arrêtent pas de se tordre les pieds...

— ... alors si en plus il faut marcher des kilomètres...

Ils insistent.

— Allez, venez, quoi.

Joss et Lola s'éloignent en zigzaguant. Sans se retourner, elles crient qu'il ne faut pas les suivre. Qu'elles vont faire pipi dans la ruelle. Une fois hors de vue, elles retirent leurs chaussures et se mettent à courir en hurlant.

Chez Lola, elles s'allongent par terre.

— Les pauvres, quand même, ils doivent être déçus.

— On s'en fout. Il n'y en avait aucun de bien!

— T'as raison. Ils étaient trop moches!

Elles pouffent de rire. Se tiennent le ventre. Mais elles sont très fatiguées. Elles essayent de reprendre leur souffle.

— N'empêche, c'est vrai que quand je bois trop, je perds un peu la tête, hein. J'suis capable d'aller avec n'importe qui et de faire n'importe quoi.

— C'est vrai ça, Lola.

Elles pouffent de rire encore une fois.

— Dis donc, t'as rien à dire, toi. T'es pareille... Mais tu vois, quand je réfléchis, eh ben ça me dit rien du tout dans ces moments-là de me faire peloter et tout le reste. Je sens rien. Toi aussi, ça te le fait?

— Ouais. C'est connu, l'alcool, ça anesthésie.

— Ah ben oui, t'as raison.

Joss ferme les yeux.

— C'est peut-être ça, finalement, une vraie preuve d'amour. De s'abandonner, en ayant toute sa tête...

— Qu'est-ce que tu dis?

— Rien...

— Arrête, j'ai pas compris. T'as dit quoi ?

— Je sais plus, j'te jure.

Elles se remettent à rire bêtement. Mais comme elles n'en peuvent plus du tout, ce sont juste quelques hoquets.

— J'y pense. Tu l'as vu le type qui te cherchait l'autre jour ?

— Quel type ?

— Un beau gosse. Avec un costard noir et une chemise blanche. Super classe. Il est passé au salon de coiffure et il m'a demandé si par hasard je te connaissais.

— Et tu lui as répondu que oui, et tu lui as même dit où j'habitais...

— Ben oui. Pourquoi ?

— Pour rien.

Joss, maintenant dégrisée, se lève d'un bond.

— La prochaine fois, Lola, évite de donner mon adresse au premier type qui passe par hasard. Même s'il est beau gosse.

— Mais il a dit qu'il te connaissait !

— C'est pas une raison.

— Ben, quand même...

Joss se fait couler un café. Se passe un peu d'eau sur le visage, remet ses chaussures. Avant de sortir, elle jette une couverture sur Lola qui s'est endormie sur le carrelage de la cuisine.

— Salut, Lola. Je t'aime bien, mais t'es vraiment trop con, des fois.

# 8

## La boîte noire

Tom s'est levé tôt. Il a fait tous ses devoirs du week-end pour être débarrassé. Il sait que Joss va râler quand elle va se réveiller. Parce qu'elle veut faire ses devoirs en même temps que lui. Mais tant pis. Il a trop de trucs à faire. Il a rangé ses affaires, petit-déjeuné et a même préparé le café de Joss avant de partir. Histoire de l'amadouer. Et puis, il a enfourché son vélo et a filé.

Il culpabilise un peu, quand même.

Il sait bien que c'est hyperdifficile pour Joss de faire ses devoirs toute seule. Qu'elle a du mal à se concentrer. Elle dit que ça tient à son âge. Mais la vérité, c'est qu'elle a trop de choses à rattraper. Et qu'elle se décourage. C'est normal. Avec lui, elle a l'impression que c'est plus facile. Elle dit qu'il explique bien.

Mais surtout, elle a moins honte de poser des questions quand elle ne comprend pas. Même des questions à la con. Elle sait qu'il ne rigolera pas. De toute façon, il n'a pas le choix. Elle lui en collerait deux aussi sec. Ça lui arrive d'être méchante, des fois. Surtout quand elle s'énerve contre lui. Parce que, c'est juste qu'un petit morveux de onze ans. Et qu'il lui fait la leçon.

D'un côté comme de l'autre...

Ces derniers temps, ils bossent l'orthographe. Ça lui donne du mal. Elle fait des fautes à presque tous les mots. Mais le plus dur c'est pour les accords du participe passé. Elle déteste les accords du participe passé. Au point que ça lui donne envie de crier. Et dire des choses terribles. Qu'elle ne pense pas forcément. Mais sûrement un peu... Ça le rend triste. Surtout quand elle dit que tout est sa faute. Et que si elle a arrêté l'école à treize ans, c'est à cause de lui. Qu'elle aurait bien aimé faire des études, mais que ça l'en a empêchée. Et puis, quand elle voit qu'il va pleurer, elle tempère. Admet que ça n'était pas la seule raison. Qu'elle n'y allait déjà plus beaucoup avant. Et qu'elle n'était pas très douée de toute façon. Pleure pas, mon p'tit Tom, va. Tu m'connais. J'aime bien exagérer... En plus, même enceinte, elle aurait pu continuer, évidemment. Mais ses profs n'avaient pas su la motiver. Au contraire, ils l'avaient fait chier. N'avaient même pas essayé de savoir pourquoi ou comment ça lui était arrivé.

Elle était enceinte de cinq mois quand elle a enfin su pourquoi son ventre avait grossi. Elle sentait bien que depuis un moment il y avait quelque chose qui poussait là-dedans. Qui frétillait dans tous les sens. Comme un poisson dans son estomac. Ça lui faisait peur. Lui faisait penser à *Alien*. Le monstre qui grandit dans le corps de cette fille... Elle avait fini par en parler à l'infirmière du foyer, qui l'avait envoyée voir le médecin. Qui avait trouvé ce qu'elle avait. C'était lui, Tom, qui allait pointer le bout de son nez trois mois plus tard. Un poil prématuré.

Ça lui était tombé dessus, crac! au premier coup. Il n'y en avait pas eu de deuxième avec ce mec-là. Elle ne l'aimait pas. Il ne l'avait draguée qu'à cause de la taille de ses seins, de toute façon. La seule de la bande à en avoir de si gros. Elle voyait bien l'effet que ça faisait aux garçons. Lui, il en avait les yeux qui lui sortaient de la tête. C'était marrant. Et puis, il l'avait invitée au ciné et lui avait payé du pop-corn. C'était la première fois qu'on lui payait quelque chose. Le film était chouette et le pop-corn aussi. En guise de merci, elle l'avait laissé faire tout ce qu'il voulait. Il s'y était pris comme un manche. Trois jours sans pouvoir marcher. Ça l'avait dégoûtée pour un moment. Si c'était ça l'amour, autant faire sans, elle s'était dit. Mais le mec, lui, il s'était accroché. L'avait suivie partout. Comme un chien. À pleurer sans arrêt. À lui écrire des poèmes. Il y en a un qu'elle avait trouvé joli, quand même... Mais bon. Ça n'avait pas suffi. Au bout d'un moment, il avait fini par comprendre. Il était allé voir ailleurs. S'était jeté sur sa copine, Élodie. Elle, ça ne la gênait pas qu'il mate ses seins. Au contraire. Ça lui faisait plaisir. Elle en avait des petits.

Joss avait perdu une copine, mais elle avait réussi à se débarrasser du crampon.

Maintenant, elle a vingt-cinq ans.
Et elle veut passer son bac.
Elle sait à peine écrire, mais elle veut

apprendre. Elle veut tout apprendre. Et se cultiver, aussi.

Ça fait longtemps qu'elle a ce projet. Se rendre intéressante. Parce qu'elle ne se fait pas trop d'illusions. Elle a un joli visage, mais... rien de particulier. La seule chose qu'elle ait de spécial, c'est la taille de ses seins. C'est ce que les gens remarquent chez elle en premier. Qui fait qu'on ne lui parle jamais autrement qu'avec les yeux baissés. Fixés sur ses nibards.

Et ça, elle en a marre.

Elle a décidé de se faire opérer. Passer de la taille 100D à 90B. Que quand on lui parle, on la regarde enfin droit dans les yeux. Et que si on la trouve intéressante, ce soit pour autre chose que pour son tour de poitrine.

Elle met de l'argent de côté depuis des années. Dans une petite boîte noire qu'elle cache sous le châssis du mobil-home. Tom connaît la cachette. Mais ni lui ni elle ne touchent à ce qu'il y a dedans. Jamais. C'est sacré. Même quand ils sont dans la dèche. Et ça arrive souvent, parce qu'elle ne travaille pas très régulièrement. À cause des plaintes des gens chez qui on l'envoie.

C'est assez embêtant pour son boulot, mais elle déteste faire le ménage. Surtout la vaisselle. Pour le reste, on peut lui faire confiance. Elle est honnête et elle travaille bien. Ça lui plaît de s'occuper des malades, et des vieux aussi. Elle se sent utile. Même si des fois elle lui raconte en se marrant des histoires horribles. Des histoires qui ne se racontent pas. Des choses trop intimes.

Mais la vaisselle... c'est vraiment un problème.

Ça lui vient peut-être de quand elle était petite, quand on l'obligeait à la faire, sinon elle n'avait rien à manger.

Ça vient sûrement de là, pauvre maman.

Tom vient d'arriver près du potager des voisins. Ceux qui se disent « vous » et qui se parlent poliment même quand ils sont énervés. Il couche son vélo dans les buissons, s'approche de la haie, écoute. Pas un chat. Le samedi, à cette heure, ils ne sont jamais là. Ils doivent aller faire des courses ou rendre visite à des copains.

C'est bon. Tom va pouvoir un peu fouiner.

Il finit de remplir son sac et le dépose tout près du trou dans la haie. Trois carottes, trois poireaux, trois oignons et neuf pommes de terre. Il est inquiet. Il ne prend pas autant de choses d'habitude. Il retourne effacer les traces de son passage. Arrose très soigneusement le plant de pommes de terre arraché et replanté. En se disant que, peut-être, il reprendra ?... On ne sait jamais.

Il reste du temps avant le retour des proprios. Pour la première fois, il pousse la porte et entre dans le cellier. En faisant attention à ne pas laisser de traces. Il s'arrête devant les grandes étagères pleines d'outils, de matériel de bricolage, de boîtes de toutes sortes. Tout est classé, rangé, étiqueté. Sur une table, des claies empilées, pleines de pommes de l'automne dernier. Il en met trois dans ses poches et croque dans une quatrième.

Il commence à se détendre. À se sentir chez lui.

Maintenant, il entre dans la serre. Il fait chaud. Ça sent bon la terre humide. Partout, des pousses de fleurs et de légumes. Avec la photo en couleurs de ce qu'ils deviendront plus tard. Des multitudes de plants de tomates. Des rouges, des orange, des jaunes, des vertes et même des noires. En forme de poire, de piment, de cœur... Jamais vu ça.

Il est temps de partir. Il récupère son sac et plonge sous la haie. Au moment de ressortir, il se fige. Le chat est là. Le regarde aussi méchamment que la dernière fois. Toujours aussi impressionné, Tom baisse le regard. Il a entendu dire quelque part qu'il ne fallait jamais fixer les chats dans les yeux. Ils pensent qu'on les défie, et ça réveille leur agressivité. Il garde son sac sur le dos, mais sort les trois pommes de ses poches. Il hausse un peu les épaules, comme pour s'excuser et l'air de dire : Juste trois, ça peut aller ? Alors, le chat se lève, avance lentement vers lui. Sur trois pattes, évidemment. De cette démarche qui le rend si inquiétant. Il avance sans quitter Tom des yeux, puis... d'un bond s'engouffre sous la haie et disparaît.

Tom soupire. Il a eu très chaud cette fois encore.

# 9

## Tom quoi?

Il appuie son vélo contre un arbre. Et puis il écoute. Aucun bruit ne vient de la maison. Il prend son sac et court frapper à la porte. Personne ne répond. Il la pousse tout doucement.

— Madame?

Toujours pas de réponse. Il s'approche du fauteuil dans lequel il a laissé Madeleine, le soir d'avant. Elle est dans la même position, emmitouflée dans la couverture, les yeux fermés. Il n'ose pas la toucher. Si jamais elle est froide, ça voudra dire qu'elle est morte. Ça lui fait peur rien que d'y penser.

— Madame? Vous m'entendez?

Il se rend compte qu'il parle très bas. Il se dit que c'est peut-être trop.

— Madame! S'il vous plaît!

D'un coup, elle ouvre les yeux. Lui attrape le bras, affolée. Les yeux exorbités.

— Qui est là? Qu'est-ce qu'y s'passe?

Tom est soulagé de la voir se réveiller. Mais elle se met à crier.

— Vous venez me chercher, c'est ça? Eh bien, je vous préviens, je ne sortirai pas d'ici!

— Madame, c'est moi, Tom.

— Tom? Connais pas.

— Mais si... vous savez, hier soir, je vous ai ramenée avec la brouette...

— Lâchez-moi, ou j'appelle au secours!

Il arrive à détacher la main de Madeleine qui s'est accrochée à son bras, et recule de quelques pas. Il se dit qu'elle a l'air d'être devenue folle, la pauvre vieille. Que ça a dû lui prendre pendant la nuit. Hier soir elle avait l'air bien, quand il est parti. Il aurait peut-être dû appeler quelqu'un, quand même. Son regard s'arrête sur le chien et le chat qui tremblent de froid. Il remet du bois dans le poêle. Quand il se tourne vers Madeleine, elle s'est rendormie. Il déballe les légumes de son sac. Les épluche. Les fait cuire.

— Madame, réveillez-vous.

Il lui secoue un peu le bras. Elle ouvre les yeux, lentement.

— Ah, petit homme, tu es là.

— Oui. C'est moi.

Elle a l'air très faible, maintenant.

— Je vous ai fait à manger.

— Je ne crois pas que je vais pouvoir.

— Mais si! J'ai retrouvé votre dentier dans le jardin.

— Alors, je veux bien essayer.

Tom s'est assis à côté d'elle et lui a donné à manger à la cuillère. Comme un bébé. Il a dû finalement écraser les légumes pour faire de la purée, parce que, malgré le dentier, Madeleine avait du mal à mâcher. Il a donné les restes au chat et au chien. Elle a voulu les caresser. Ils ont eu l'air de la reconnaître. Le chat a même un peu ronronné. Et puis Tom a chargé Madeleine dans la brouette, pour l'emmener faire pipi aux toilettes.

Maintenant, il l'a réinstallée dans son fauteuil, près du poêle. Elle essaye de ne pas pleurer, mais quand même, elle a les yeux mouillés.

— Mes jambes, je peux toujours pas les bouger.

— Vous voulez que j'appelle le docteur?

— Non. Les pompiers. Ils sont déjà venus une fois. Ils connaissent le chemin.

Tom téléphone.

Ils restent un long moment silencieux. Puis Tom finit par se lever.

— Je vais y aller.

Madeleine fouille dans la poche de son gilet, en sort quelques pièces de monnaie.

— Tiens. C'est tout ce que j'ai.

Tom est vexé. Il hausse les épaules.

— J'en ai pas besoin.

Elle pleure et geint en même temps.

— Ils vont mourir de faim tout seuls, mes deux p'tits cocos.

— Bon, d'accord. Je reviendrai leur donner à manger.

Madeleine est soulagée. Elle arrête de pleurer. Juste une goutte qui reste accrochée au bout de son nez.

— T'es un bon p'tit gars, toi.

— Allez, au revoir, madame Madeleine.

— Au revoir, mon petit.

Au moment où il referme la porte...

— C'est quoi ton nom, déjà?

— Ben... c'est Tom, quoi.

— Tom quoi? Ah. Jamais entendu un nom pareil.

Tom sort en rigolant. À travers la porte, il l'écoute parler toute seule.

— C'est peut-être un nom étranger, dans le fond. J'vais avoir du mal à me le rappeler... Ah mais, j'y pense... Attends, petit homme! Reviens!

Tom rouvre la porte.

— Prends un double de la clef, voyons. Là, dans le tiroir du buffet.

Elle se racle la gorge. Il semble qu'elle ait encore quelque chose à ajouter.

— Et puis, tu peux prendre tout ce que tu veux dans le potager aussi.

Il est surpris et gêné. Il se demande si...

— Ça va se perdre, sinon.

Tom s'éloigne vite de la maison, en poussant son vélo.

Madeleine ne pleure plus du tout. Elle pense. Qu'elle dira tout à l'heure aux pompiers qu'elle est bien tranquille maintenant. Depuis qu'elle a trouvé un gentil arrière-petit-gars. Qui va venir s'occuper de ses bêtes quand elle ne sera plus là. Seulement, il a un drôle de nom. Et elle ne se le rappelle déjà plus. Un nom étranger, peut-être... Ça commence par... Ah ben voilà. Elle a oublié.

Un gentil p'tit homme, quoi.

## 10

## Pas méchant

Il a couché son vélo dans le fossé. Et il a attendu. Un bon quart d'heure plus tard, les pompiers sont arrivés. Ils ont embarqué Madeleine et ont refermé la porte de sa maison à clef. C'est ce que Tom voulait vérifier. Il en a un peu la charge, maintenant.

Quand il rentre chez lui, Joss se réveille. Il est plus de midi. Elle dit qu'elle n'a pas du tout envie de faire ses devoirs. Qu'ils verront ça demain, d'accord? Il fait trop beau pour rester enfermé. Allez, viens. On va aller se baigner.

L'eau de la rivière est vraiment froide. Ils osent à peine y plonger les pieds. Joss râle.

— J'me casse. De toute façon c'était pas une bonne idée. Je déteste l'eau froide.

Elle part sans l'attendre.

Tom n'a pas envie de rentrer tout de suite. Et il va faire un tour. Il longe la rivière un moment. Il connaît bien le coin. C'est le sien. À un coude, il s'assied sur une grosse pierre plate, couverte de mousse. C'est sa pierre. Le menton posé sur les genoux, il regarde l'eau s'écouler. Longtemps. Il pense à Joss. Quand elle est tranquille, et qu'elle parle même en chuchotant. Comme l'eau qui coule maintenant. Lui caresse la tête. Et apaise un peu la tempête qu'il y a dedans. Et puis il pense à Madeleine. À tout ce qui s'est passé depuis hier. Au plaisir qu'elle a eu à se tremper dans l'eau. Parfumée à la fleur d'oranger. Et son chant éraillé. Il sourit en se le rappelant. Il fixe l'eau et ses reflets. Taches de soleil qui dansent et ombres d'arbres emmêlées. Fixe l'eau qui coule. Se laisse entraîner. Hypnotiser. Et il écoute. L'eau couler. Et remuer en passant les cailloux. Au fond de son lit. Les petits cailloux. Qui tintinnabulent en s'entrechoquant. Tintinnabulent. Tintinnabulent...

— Petit ?

Mais Tom n'entend que le tintinnabulement des cailloux, pour l'instant. Alors la voix revient, plus ferme.

— Ça va, petit ? T'as un problème, là ?

Tom lève la tête. Voit l'homme qui lui parle. Penché vers lui. Tout proche. Beaucoup trop proche. Il bondit sur ses pieds. Veut partir en courant. Mais l'homme lui attrape le bras. L'en empêche.

— Je voudrais te parler.

— Lâchez-moi !

— Mais n'aie pas peur, je ne suis pas méchant.

— Vous avez fait du mal à...

— Justement. Je suis revenu pour m'excuser.

— On s'en fout de vos excuses !

— Il faut que tu m'aides, petit. Je ne sais pas comment...

— Lâchez-moi !

— Je voudrais t'expliquer.

— J'ai pas envie de vous écouter. Laissez-moi partir !

— Non. Il faut que je t'explique d'abord.

— Vous me faites mal.

— OK. Je vais te lâcher. Mais écoute-moi. Rien qu'une minute. S'il te plaît. Ça fait deux jours que je ne dors plus du tout. J'ai besoin de parler. J'arrête pas de penser à ce qui s'est passé. Ça tourne dans ma tête. Ça me rend fou.

Il lâche le bras de Tom. Qui recule d'un bond, court quelques mètres pour se mettre hors de portée. Samy n'essaye même pas de le rattraper. Il s'assied sur la pierre moussue. Celle de Tom.

Il a l'air malheureux.

— Je ne sais pas ce qui m'a pris l'autre soir. Je ne sais pas pourquoi j'ai fait ça. Je suis pas un méchant gars, tu sais. Si tu me connaissais, tu le saurais. Tu vois, par exemple, je ne vais pas te le cacher, j'ai fait de la taule. Mais ça ne veut pas dire qu'on est quelqu'un de méchant. D'ailleurs, des fois, ça ne veut rien dire du tout. C'est des choses qui arrivent. Ça arrive même à des gens très bien, d'aller en taule. J'en ai rencontré. Ils avaient rien fait du tout et ils se sont retrouvés enfermés avec nous, du jour au lende-main. Des erreurs judiciaires, y en a tous les jours. Suffit de lire les journaux. Tu vois, moi, par exemple, si j'avais eu un peu de pot au départ, j'aurais pu bien tourner. J'en avais les capacités. J'étais pas trop mauvais à l'école et je suis même allé jusqu'au BEPC. Mais le problème quand j'étais jeune, c'est que j'aimais bien mes copains et que c'étaient tous des voyous. Et puis, en plus, j'aimais pas rester seul. Alors fatalement, je les suivais partout. Sur tous les coups. Même les mauvais. Sauf qu'au moment de payer l'addition, là, je me suis retrouvé tout seul. Largué comme un con.

Il fait une pause. Revient à sa première idée.

— Ce que j'essaye de t'expliquer... c'est que, Joss, je voulais juste la revoir comme ça, simplement lui parler. Retrouver un peu de ma vie d'avant les conneries. Et puis, voilà. Quand on n'a pas baisé depuis longtemps, on se raconte des histoires. On fantasme sur tout. En cabane, t'es obligé. Sinon tu deviens fou... Alors, l'autre jour, ça m'a un peu rattrapé. Mais j'ai jamais voulu lui faire de mal, à ta sœur. Ça, j'te jure. Jamais.

Il se met à sangloter comme un enfant. Tom est mal à l'aise. Il attend que ce soit terminé.

Enfin Samy arrête de pleurer. Renifle un peu. Et puis il pose son menton sur ses genoux. Se met à regarder l'eau. Comme Tom. Qui s'est assis, à quelques mètres. À l'autre bout de sa pierre.

Il est calme maintenant. Et il ose reparler.

— En fait, je crois que j'ai la poisse.

— C'est quoi, la poisse?

— Ben, c'est quand tout ce que tu fais, tout ce que tu touches, se transforme systématiquement en merde.

— Et vous croyez que vous avez ça depuis longtemps?

— Je crois bien depuis toujours. Non, je dis ça parce que je ne me rappelle pas trop d'avant, quand j'étais petit. Je me rappelle à partir de... quand je devais avoir ton âge, je crois. T'as quel âge?

— Onze ans.

— Ah.

Il calcule.

— Quand t'es né, ça ne devait pas être très longtemps après que je me sois fait gauler, alors... Mais au fait, votre mère à toi et à Joss, elle est où?

— Elle est morte.

— Ah. D'accord.

Ils se laissent captiver un moment par les reflets de l'eau. Puis Tom se lève.

— Attends. T'as pas cinq minutes, encore?

— Si, pourquoi?

— Ben, pour que je te raconte la suite...

— C'est que j'ai pas mal de choses à faire, quand même.

— La prochaine fois, alors?

— D'accord.

— T'es un gentil môme.

— Bon ben... j'y vais.

— Ouais, c'est ça, au revoir... Eh, petit! Va pas croire que je suis fou, hein? Parce que c'est pas ça du tout. Quand j'étais en cabane, j'ai vu des psychologues. Et ils m'ont tous dit que c'était pas ça mon problème. Mon problème, de toute façon, j'ai eu besoin de personne pour trouver ce que c'était. La poisse, j'te dis. J'ai dû pisser contre un totem un jour sans me rendre compte. C'est pas possible autrement. Non, je rigole... Mais c'est forcément un truc bizarre. Un truc dans le genre. Parce que sinon, comment ça s'expliquerait, toute cette poisse?

— Il faut vraiment que j'y aille.

— Ah, ouais ouais, excuse-moi, petit. Allez, à la prochaine, hein? Ça m'a fait du bien de te parler. Tu dis rien à ta sœur, OK? Il faut que je trouve le moyen de réparer. Je sais pas comment. Mais comme j'arrête pas d'y penser, je vais bien finir par trouver.

# 11

## Tom et les vieilles bêtes

Il appuie son vélo contre l'arbre. Écoute.
Aucun bruit ne vient de la maison. Il sort
la clef et avance vers la porte. Il ne sait
pas pourquoi, mais ça le rend nerveux.
C'est la première fois qu'il a une telle responsabilité. Il ouvre. L'odeur de pisse de
chat le saisit encore une fois. Il laisse la
porte grande ouverte. Les deux bêtes
lèvent la tête. Les yeux du chien sont un
peu vitreux. Il doit sûrement être aveugle.
Tom va chercher le sac de croquettes
dans le garde-manger. Au bruit, le chat
se lève, s'étire avec difficulté. Il marche
lentement, s'assied sur le seuil de la
porte pour profiter d'un rayon de soleil.
Tom remue le sac de croquettes. C'est au
tour du chien de se lever. Il enjambe le
rebord du panier, trébuche plusieurs fois.
Mais il a très envie de sortir. Un besoin

urgent. Il se cogne contre une chaise, puis dans le chat en passant, et dégringole les marches du perron. Tom l'aide à se relever. Le chien ne le remarque même pas, trotte directement vers l'arbre, lève la patte et pisse sur le vélo. Tom le regarde faire, effaré.

C'est dégoûtant. Il va devoir le laver, maintenant.

Pendant que les deux vieux font leur tour, il va jeter un œil au potager. La terre a bien été préparée, mais il n'y a pas grand-chose de planté. Juste un coin où il y a des fleurs, quelques choux, des plants de fraisiers et une dizaine de salades. Tout est un peu mélangé. Ce n'est pas comme celui de ses voisins. Où tout est bien soigné, parfaitement aligné. Il cherche l'arrosoir et l'arrivée d'eau. Quand il a fini d'arroser les salades, il revient et s'assied sur les marches du perron. Il attend que les bêtes reviennent. Le chien s'approche enfin, renifle le bas de son pantalon et se met à grogner. Mais Tom lui caresse la tête. Il se calme aussitôt, lui lèche même la main et se laisse tomber de tout son poids sur ses pieds.

Avant de repartir, Tom a versé les croquettes dans les deux gamelles, et y a
ajouté de l'eau. Pour les ramollir.

Comme Madeleine, ses bêtes sont un
peu édentées.

Et il a refermé la porte à clef, en disant
aux bêtes :

— À demain, les cocos.

# 12

## Les pousses

Elle l'a prévenu avant de partir, ils allaient devoir encore cette semaine se serrer sérieusement la ceinture. Parce qu'elle n'a pas trouvé de boulot. Alors pendant que Joss va faire les courses de base au magasin, Tom, lui, fait les siennes dans le jardin des voisins. Avant ça, il est allé visiter deux ou trois autres potagers. Pour varier un peu, brouiller les pistes, on ne sait jamais. Mais il trouve que celui-ci est de loin le meilleur. Ils plantent en grosses quantités. Ça se voit moins quand il se sert. Et puis, ils ont des variétés très précoces. C'est le seul jardin dans tout le coin où il peut trouver des carottes et des pommes de terre, en cette saison. Ça vaut le coup.

Mais le plus important de tout, évidemment, c'est qu'en venant ici, il ne risque pas sa peau. Ils sont vraiment différents, eux. Ils n'ont pas de fusil.

Ce matin, ils ne sont pas là. Alors il en profite encore une fois pour visiter la serre. Il regarde longtemps les photos des tomates. Les rouges, les orange, les vertes, les jaunes et les noires. Il hésite, elles sont toutes vraiment belles. Finalement il se décide. Il va en prendre deux de chaque. Il roule délicatement les plants dans du papier journal. Et c'est justement à cause du bruit du papier froissé qu'il n'entend pas Archibald arriver. Poussant sa brouette pleine de petits arbustes en fleurs. Qu'il arrête quasiment sous le nez de Tom caché dans la serre.

Archibald part vers le fond du jardin repérer l'endroit où il compte les planter. Il appelle, en passant :

— Captain !

Il se demande où son chat est encore allé se cacher.

— Captain Achab ! *Where the hell have you gone?*

En passant, il jette un œil vers le potager. Un des plants de pommes de terre a souffert, malgré un petit arrosage encore visible à son pied. Il sourit discrètement. En passant près de la haie, il voit le sac de Tom posé par terre. Il revient vers la serre. Se racle la gorge.

— Mmm. Comment je peux replanter toutes ces petites arbustes fruitières ? Il y en a trop. Je vais devoir jeter quelques-unes. Quel dommage, vraiment.

Et il s'en va.

Tom attend un petit moment. Enfin, il sort de sa cachette avec les paquets de plants sous le bras. En passant, il prend un pied de groseillier et un de cassissier et court vers la sortie. Il attrape son sac, rampe sous la haie. Arrivé de l'autre côté, il s'arrête net. Le chat est là, assis à quelques mètres. Qui le regarde méchamment. Tom tend la main qui tient les deux petits fruitiers, et marmonne :

— Il a dit qu'il en avait trop qu'il devrait en jeter...

Captain Achab avance vers lui, lentement, sur trois pattes, sans le quitter des yeux. Tom ne bouge plus du tout. Et puis d'un bond, le chat s'engouffre sous la haie, et disparaît. Tom soupire. Il a encore eu très chaud.

Dans la maison, Odette et Archibald rigolent comme des enfants.

— Qu'est-ce qu'il est mignon !

— Et il fait toute son petite business très bien. Très correctement. Je crois quand même, Odette, que nous allons manquer de pommes de terre. Ils reprennent mal, toutes ces pieds déplantés et replantés.

— Ça n'a pas d'importance. Nous mangerons des pâtes. Ou du riz. Quand j'y pense, nous avions si peur de nous ennuyer en venant nous installer ici. Vous vous rappelez, Archi ?

# 13

## Plantations

Une heure après, il en était encore à chercher des piquets. Dix. Pour les dix plants de tomates qu'il a pris chez les voisins ce matin. Pas facile à trouver. Il faut qu'ils soient assez hauts, et puis aussi assez droits. Il a fini par trouver. Et il a tout planté. Les deux petits fruitiers avec. Un gros boulot.

Maintenant il se repose, assis sur les marches du perron de chez Madeleine, et regarde les deux vieilles bêtes faire leur tour. Il laisse la porte et la fenêtre grandes ouvertes, pour aérer la maison. L'odeur de pisse de chat est toujours aussi forte. Il se dit qu'il va devoir demander à Joss comment faire pour s'en débarasser. Elle sait sûrement. Elle travaille chez des vieux. Ils ont souvent des chats. Mais il va falloir qu'il la joue fine, Qu'elle ne se demande pas pourquoi il veut savoir ça. Il ne veut pas lui parler de Madeleine. Si elle est vraiment fâchée avec elle, à cause de la vaisselle cassée, elle lui interdirait peut-être de revenir. Et le chat et le chien mourraient de faim. Les pauvres vieux. De toute façon, maintenant, avec toutes les plantations qu'il vient de faire, il est obligé de revenir. Tous les jours. Pour arroser et puis tout le reste. Et elle sera bien contente, Joss, quand il rapportera des tas de tomates à la maison. Et pas deux par personne, comme il fait toujours. C'est ce qu'ils ont décidé ensemble, quand ils sont arrivés là, et qu'ils ont commencé à manquer de tout. De ne pas prendre plus qu'il ne faut. Joss dit qu'ils ne sont pas des vrais voleurs. Qu'ils font juste des emprunts. Et toujours où il y en a trop. Mais ce n'est pas facile pour Tom. Il n'est jamais rassasié. Là, par exemple, il a une faim de loup.

— Balourd! Le Mité!

Il n'a pas pensé à demander à Madeleine comment s'appelaient ses bêtes, alors il leur a donné des noms, en attendant. Ils ont l'air de se reconnaître. Ils reviennent tranquillement. Ils ne sont pas pressés du tout. Surtout Le Mité. Il s'arrête près de l'arbre, se fait un peu les griffes sur le tronc, en regardant Tom par en dessous. L'air de dire : Je rentre si je veux, petit. T'as compris ? Mais Tom ne se laisse pas démonter. Il va chercher les croquettes. Secoue bien le sac. Ça marche. Ils se pressent un peu plus. Mais pas trop, quand même.

Puis Tom referme la porte à clef.

— À demain. Si vous êtes sages, évidemment...

# 14

## L'Italie

Tom est rentré le premier. Il a fait la vaisselle, parce qu'il n'y avait plus rien de propre pour préparer le déjeuner. Et puis il a grignoté une carotte, pendant que les pommes de terre cuisaient.

En attendant Joss, il a révisé son cours de géo pour la prochaine interro. Il a dessiné les contours des pays d'Europe. La France. Et puis l'Italie... Marrant, ce pays. En forme de botte. Et puis les Italiens aussi, ils ont l'air marrants. Dans les films qu'il a vus. Ils parlent tous avec leurs mains, ils adorent tous leurs « marnas », et ils draguent les filles sans arrêt. Même quand ils sont mariés! Et puis aussi, ils mangent des pâtes à tous les repas, on dirait. Peut-être même au petit-déjeuner? En tout cas, ça lui plairait drôlement d'y aller en vacances. Juste une fois, pour voir. Joss dit que ça ne coûte pas cher de rêver. Alors il rêve... Qu'il monte dans un train et que quand il se réveille, pouf! il est arrivé. À Venise. Ils partent en gondole. Longe les canaux. Baisse la tête quand il passe sous les ponts. Tiens... le son d'une mandoline... et puis des dames avec des grandes robes et des masques avec des plumes... D'un coup, il se retrouve au milieu d'une place. Immense. C'est la *piazza* San Marco. Il la reconnaît. Elle est en photo dans son livre de géo. Il y a plein de pigeons partout. Une fille le regarde, lui sourit, parle en italien. Il comprend tout. Elle a le même âge que lui. Elle s'appelle Donatella. On dirait un nom de chocolat. Il lui dit qu'il a faim. Ça tombe bien, elle aussi. Ils se prennent par la main, entrent dans un restaurant. Commandent deux pizzas... Non. Des spaghettis *bolognese, per favore. Molto bene. Grazie mille.* Quand ils ont fini, ils prennent une glace avec trois... quatre parfums différents. Elles sont grandes. Très grandes. Il ne sait par quel côté attaquer... Il ferme les yeux, décide de commencer par le *caramello*...

— Ça sent le cramé. Tom! Mais qu'est-ce que tu fous?

Il sursaute. Retire la casserole du feu. Les pommes de terre ont brûlé. Et il n'y a rien d'autre à manger.

Joss est fâchée. Mais elle se retient de... Elle a décidé de se contrôler. Ça fait partie des grands changements qu'elle veut opérer. Entre autres, ne plus se laisser aller à ses impulsions. C'est difficile. Surtout quand Tom fait des conneries, comme maintenant. Et puis aussi, avec les garçons. Justement, elle en a rencontré un tout à l'heure, en faisant les courses. Il avait l'air drôlement sympa. Et mignon avec ça. Elle a accepté de le revoir ce soir. Il veut l'emmener dîner et puis après aller au cinéma. Mais elle a décidé qu'elle n'irait pas chez lui... En tout cas, pas ce soir. Elle veut le faire mariner, celui-là.

En attendant, elle pose un gros carton sur la table. À l'intérieur, quelque chose fait du bruit. Tom écoute, étonné.

— Regarde donc dedans, pauvre nouille!

Il ouvre le carton. C'est une poule.

— Je l'ai achetée au marché. C'est une poule couveuse. On va lui faire faire des petits. Et comme ça, on pourra manger tous les jours des œufs et du poulet.

— Mais on n'a pas de coq.

— Merde, c'est vrai. J'y ai pas pensé. C'est pas grave, en attendant d'en trouver un, on lui mangera ses œufs.

— Et on la met où ?

— Y a plein de place autour du mobil-home.

— Mais elle va s'échapper. Il y a des trous partout dans la haie.

— Ben, on va les boucher, c'est pas compliqué...

Ils y ont passé le reste de la journée. Et encore, ça n'était pas parfait.

Mais ils ont quand même lâché la poule.

Joss s'est dépêchée de se préparer. Elle était déjà très en retard pour son rendez-vous avec Jean-Claude. Et donc, un peu à cran.

Tom a attendu dehors pour éviter les retombées. Il était fatigué. Mais une fois qu'elle est partie, il s'est dit qu'il irait bien faire un tour plus tard chez les voisins. Histoire de regarder un peu la télé. Et s'il y avait un film, ce serait drôlement bien...

# 15

## Soirée ciné

À la nuit tombée, il s'est faufilé sous la haie. Il est allé directement dans le cellier, chercher un matelas pour la chaise longue, en se prenant une pomme, au passage. Dans le jardin, il a déplacé la chaise jusqu'à ce qu'il trouve le meilleur angle de vue, tout en restant caché, bien entendu. Et enfin, il s'est installé. La température était très agréable, il s'est dit qu'ils allaient certainement laisser la fenêtre grande ouverte. Au pire, ils la fermeraient à l'espagnolette. En tout cas, c'est ce qu'il espérait. Ils dînaient à la cuisine. Tom a eu tout le temps de manger sa pomme jusqu'au trognon.

Enfin, ils sont arrivés au salon, un verre de vin à la main, et en pleine conversation.

— ... mon rendez-vous de ce matin.

Incroyable. Il a posé ses mains sur mon dos, un ou deux minutes, c'est tout. Et... wouf! Fini. Toute le douleur disparu. C'est vraiment une sorcier, ce Raymond.

— Ah! Je vous l'avais dit.

— Mais quand on ne l'a pas expérimenté avant, c'est difficile de croire, c'est tout.

— Et vous avez vu Mine?

— Oui, elle vous embrasse. J'ai dit que nous allions faire une déjeuner bientôt.

— Oui. Il faut l'organiser. Ils sont si charmants tous les deux.

Ils ont bu leur vin, tranquillement, assis sur le canapé. Tom a commencé à trouver le temps long. Alors, il a essayé la télépathie. Il s'est concentré en pensant très fort... *le film, le film, le film, le film*...

— Quel film allons-nous voir ce soir, Archi?

— Surprise!

Archibald a allumé le grand écran. Pendant qu'Odette éteignait les lumières du salon. Tom a soupiré d'aise. La séance allait enfin commencer.

Ils ont regardé *La Nuit du chasseur*. Et Tom a bien aimé. Même si à certains moments il a franchement eu peur. Surtout quand le méchant faux pasteur, habillé tout en noir et qui a des tatouages où c'est écrit LOVE et HATE sur les doigts – *hate,* en anglais, ça veut dire « haine » – cherche les enfants, à cheval, la nuit à travers la campagne, et que les enfants, eux, ils s'enfuient sur une barque pour lui échapper, parce qu'il a tué leur maman, et qu'ils sont tout seuls maintenant... et là, ils entendent l'homme qui les suit et les appelle en chantant très lentement... *chil... dren... chil... dren...* en anglais, ça veut dire... *en... fants... en... fants...* Oh, la vache.

Il en a eu la chair de poule.

Il est parti se coucher, pas très rassuré. En entrant, il a poussé un cri. Il l'avait oubliée. La poule avait trouvé le moyen d'entrer dans le mobil-home et s'y était installée pour la nuit. Il n'a pas eu le cœur de la mettre dehors.

Et il s'est endormi. Une jolie petite poule rousse à ses côtés.

# 16

## Pisse de chat

Ça va faire quatre jours maintenant qu'il va chez Madeleine. Et qu'elle n'est toujours pas revenue. Ça commence à faire long. Il s'inquiète. Dans quelques jours, la réserve de croquettes pour les bêtes sera épuisée. Est-ce qu'elle sera là à temps pour en racheter ? Et... si elle ne revenait pas ? Et si elle était morte ? Il se dit qu'il devrait peut-être essayer de passer prendre de ses nouvelles à l'hôpital. Discrètement. Sauf que, voilà... si quelqu'un le voit entrer, on va lui demander pourquoi il est là, forcément. Il pourrait peut-être répondre qu'il vient voir une voisine ? Ou sa grand-mère. Ou son arrière-grand-mère. Vu l'âge qu'elle a, c'est plus logique. Mais quel âge elle a vraiment, Madeleine ? Cent ans ? C'est possible. Elle est toute petite, toute ratatinée. Un peu comme une momie, avec juste la peau sur les os. Le problème c'est que, si on lui demande quel âge elle a et qu'il ne sait pas quoi répondre, ça va paraître bizarre. Il vaudrait mieux qu'il dise qu'il ne la connaît pas. Que c'est juste l'arrière-grand-mère d'un copain qu'il vient voir. Non, c'est nul. Et… s'il disait… que c'est sa mère qui l'envoie, lui porter une galette et un petit pot de beurre! Ce serait marrant. Bon, sérieusement, il faut qu'il gamberge encore la question.

En attendant, aujourd'hui mercredi, il a décidé de faire du nettoyage dans la maison. Il a commencé par mettre Balourd et Le Mité dehors. A priori, ça ne les a pas beaucoup dérangés. Ils se sont étalés au soleil, direct, et ont repris leur sieste là où ils l'avaient laissée. Tom a sorti tout ce qu'il a pu, sauf la table et le lit. Ils ne passaient pas par la porte. Il les a donc repoussés contre le mur. Et puis, il a lavé le sol vigoureusement. Pour faire partir l'odeur de pisse de chat. Il a demandé à Joss, l'autre jour, si elle savait avec quoi. Elle a dit avec du vinaigre blanc. Pourquoi tu demandes ça? Juste une copine qui voulait savoir. T'as une copine, toi? Mais non... Elle est jolie? Arrête... Allez, dis-moi, comment elle s'appelle? Maman, arrête, j'te dis. Attention, Tom, j'aime pas quand tu m'appelles comme ça. Fais gaffe...

Elle a levé la main. Il s'est écarté juste à temps.

Et les choses en sont restées là.

Il inspire profondément. Expire. On dirait bien que le vinaigre a marché. Il est content. Il veut attendre que ce soit bien sec avant de tout rentrer. Il va au potager. Les plants de tomates ont tous pris. Normalement, dans deux ou trois semaines, ils vont commencer à donner.

Il revient vers la maison en cueillant quelques fleurs. Arrivé dans la cour, il sursaute. Un homme est là, qui s'extirpe péniblement d'une voiture. Tom ne l'a pas entendu arriver. Il se fige.

— J'm'en viens voir la Madeleine. L'est-y là, p'tit?

— Ben... non.

— Quand kçéti qu'elle s'ra là, alors?

— Ben... plus tard.

— J'vas pas l'attendre. Tu lui donneras ça d'ma part. C'est un liève. Tout prêt à cuire. Tu y diras qu'c'est Momo qu'est passé. Allez, à r'voir, p'tit gars.

Tom regarde l'homme s'en aller. Il est

soulagé. Et très étonné que ça se soit si bien passé. Le monsieur ne lui a même pas demandé ce qu'il faisait ici. Ni même comment il s'appelait. Il ouvre le sac en plastique qu'il a laissé. Il a dit vrai. C'est un lapin prêt à cuire. Mais il y a encore la tête. Et les yeux. Et plein de sang au fond. Tom est dégoûté.

Il a tout remis en ordre. Préparé les croquettes pour Balourd et Le Mité. Qui sont rentrés sans se faire prier.

Il a fait un bouquet avec les fleurs. L'a mis dans un vase qu'il a posé sur la table. A reculé pour voir l'effet. C'était beau. En plus, la maison était toute propre. Ça ne sentait plus la pisse de chat. Madeleine serait étonnée. Et sûrement contente. Tom a décidé que si demain elle n'était pas rentrée, il essaierait de passer à l'hôpital. Un soir, après les cours. Pour lui donner des nouvelles de ses deux animaux.

Il a beaucoup hésité mais finalement il a emmené le lièvre avec lui. En se disant que c'était bête qu'il soit mort pour rien, le pauvre. Du coup, il allait devoir chercher une bonne histoire à raconter à Joss, pour expliquer d'où il venait.

Il aurait tout le chemin du retour pour trouver.

## 17

## Tom, seul

Il n'a pas eu à raconter quoi que ce soit, pour le lièvre. Parce que Joss n'était pas là quand il est arrivé. Elle était passée plus tôt prendre quelques affaires, et avait laissé un mot sur la table. Avec sept fautes d'orthographe. Ça l'a fâché. Dans la marge, il a mis la note qu'il trouvait que ça méritait : 3 sur 10. Et à côté, en gros et souligné, il a marqué : NUL.

*Mon Tom,*
*Je pars à la mer avec des copains.*
*Juste quatres jours. Ne t'inquiètes pas.*
*On rentre dimanche soir. Si tu a un*
*problème, tu peut prendre un peu de*
*fric ou tu sais. Mais seulement si c'est*
*grave, évidamment.*
*Sois sage. Bisoux, Joss.*

Il lui avait pourtant bien fait la leçon sur les sept exceptions des mots en « ou » qui prennent un *x* au pluriel! Bijoux, cailloux, choux, genoux, hiboux, joujoux, poux. Mais pas bisous! Pour s'en rappeler, il lui avait même fait répéter la phrase idiote qu'on lui avait apprise en classe : « Viens mon chou, mon joujou, mon bijou, sur mes genoux, jeter des cailloux à ces vieux hiboux pleins de poux. »

Il est sorti en courant. Il avait besoin de donner des coups de pied partout, de taper dans les béquilles du mobil-home, contre le portail branlant, dans un tronc d'arbre mort... Se défouler, pour ne pas pleurer. À quoi ça servirait, de toute façon. Elle n'entendrait pas. Elle était déjà loin. Et puis, elle s'en foutait qu'il n'aime pas rester tout seul si longtemps. Sinon elle ne serait pas partie, évidemment. Et qu'il ait peur la nuit dans ce mobil-home pourri, ça, ça la faisait bien rigoler. Elle le traitait des fois de chochotte, juste pour l'énerver. Avant, dans l'appartement, il avait moins peur. Mais il y avait une vraie porte. Toute en bois. Pas comme celle-ci. Ça sert presque à rien de la fermer avec le loquet. Un petit coup d'épaule, et crac! n'importe qui peut entrer. Mais bon, à part la porte... l'appart, il n'avait pas que des bons côtés. Ici, c'est vrai qu'il y a des tas de choses bien. Les potagers des voisins, la rivière, la place tout autour pour jouer. Et puis, de pouvoir aller partout à vélo, choisir les chemins par où on veut passer, c'est chouette. Mais une vraie maison, avec une vraie salle de bains, et des vraies toilettes, et une chambre chacun... là, ce serait carrément hyper-chouette!

Finalement, son estomac lui a rappelé qu'il n'avait pas mangé depuis longtemps. Et il est allé chercher le livre de recettes. L'a ouvert à « Lapin ». Lapin à la crème. Dommage, il n'avait pas de crème. Lapin aux olives. Mais il n'avait pas d'olives. Lapin à la moutarde. Ah ça, il en avait, mais il fallait aussi de la crème dans cette recette-là. Et en plus... que le lapin soit coupé en morceaux! Ah non! Il a refermé le livre et a sorti la grande cocotte. Il a fait revenir les deux oignons et les deux carottes qui lui restaient. A mis le nez dans toutes les herbes que Joss avait mises à sécher, a choisi le romarin. Il a compté jusqu'à dix, a jeté le lapin dedans et a vite refermé le couvercle pour ne pas voir sa tête. Et puis il s'est assis dehors, sur les marches du mobil-home, en attendant qu'il soit cuit. La poule s'est approchée doucement. En le regardant de côté. Il lui a donné les épluchures de carottes et quelques grains de riz. Ça lui a plu. Elle n'a rien laissé.

Tom a mangé la moitié du lièvre à lui tout seul. Ça faisait longtemps qu'il n'avait pas été aussi rassasié. Il a fait la vaisselle, et a rangé la maison. Après ça, il est parti à pied. Il a marché longtemps avant d'arriver à la grange abandonnée. Et il a repris le vieux fusil que Joss lui avait demandé de ramener. À la nuit tombée, il a fait entrer la poule, a poussé la table contre la porte, et s'est couché. Le vieux fusil sans balle sous le lit. Et la veilleuse toujours allumée.

# 18

## Visite à l'hosto

C'est la toute nouvelle secrétaire qui était à l'accueil ce jour-là. Et tant mieux pour Tom, parce qu'elle adore les enfants. *Regarde-moi ce petit bonhomme avec son bouquet de fleurs des champs complètement fanées, là-bas, tout seul et l'air un peu perdu au milieu du grand hall. Qu'est-ce qu'il est craquant...*

— Alors, comment elle s'appelle ton arrière-grand-mère, mon p'tit bonhomme ?

— Madeleine.

— Madeleine comment ?

— C'est que... c'est pas vraiment mon arrière-grand-mère. C'est celle d'un copain, alors...

— D'accord. Mais son nom de famille, c'est quoi ?

— Ben... je sais pas.

— Mais tu veux la voir pourquoi, au juste, cette vieille dame ?

— Pour lui donner des fleurs.

— Très bien. Donc, a priori, tu la connais ?

— Oui, mais pas trop. Je vais chez elle tous les jours pour donner à manger à son chien et à son chat pendant qu'elle est ici, à l'hôpital. C'est tout.

— Ah. C'est une grosse responsabilité pour un petit garçon comme toi, dis donc.

— Oui, mais elle m'a demandé.

— Bon. Procédons par ordre. Est-ce que tu sais au moins quel jour elle est arrivée ici ?

— Les pompiers sont venus la chercher samedi.

— Voyons ça.

Elle a fini par trouver la liste des malades amenés par les pompiers. Il n'y avait eu que trois femmes, ce samedi-là. Mais aucune ne s'appelait Madeleine. Ni n'avait cent ans, comme Tom le croyait. Ça l'a troublé. Alors la secrétaire lui a expliqué qu'il était possible que les pompiers l'aient emmenée dans un autre établissement. Mais que ça l'étonnerait beaucoup, quand même. Et là, Tom a baissé la tête et s'est mis à sangloter. La jeune femme, très émue, a fait ce qu'elle a pu pour l'aider. Elle a téléphoné à tous les services, les uns après les autres. Et finalement elle est tombée sur une infirmière en gériatrie qui a répondu qu'ils avaient bien une patiente qui se faisait appeler Madeleine, mais qu'elle avait été enregistrée sous un autre nom. Celui correspondant à ses papiers d'identité, évidemment. Elle était là depuis six jours. Et était âgée de quatre-vingt-treize ans. Chambre 23.

Tom a frappé.

En le voyant entrer, Madeleine s'est penchée en avant, a plissé les yeux et a fait la grimace. Elle est restée comme ça un moment. Quand enfin elle l'a reconnu, son visage s'est éclairé, et elle s'est mise à sourire. Mais très vite, elle a caché sa bouche avec la main, se rappelant qu'elle n'avait pas mis son dentier.

— Ah lala. Qu'est-ce que tu fais ici, toi ?

Il a posé le bouquet fané sur le lit. Mais n'a pas osé s'approcher.

— Je vous ai apporté des fleurs de votre jardin.

— Et mes bêtes, elles vont bien ?

— Oui, très bien.

Elle avait l'air d'attendre la suite. Il s'est gratté un peu la tête... et s'est lancé.

— Vous savez, madame... madame Madeleine, j'avais oublié de vous demander comment elles s'appelaient, vos bêtes, l'autre fois. Alors je leur ai donné des noms, en attendant. Ça ne vous ennuie pas ? Balourd et Le Mité. Ils sortent tous les jours pour se promener, faire pipi... et tout le reste. Et ils mangent bien aussi. Alors, justement, je suis venu vous voir parce que je voulais savoir quand est-ce que vous alliez rentrer. Il va bientôt plus rester de croquettes. Je ne sais pas comment faire pour...

— Mais c'est que j'sais pas quand ils vont m'relâcher ! Tous les jours, j'demande. Pas un qu'est foutu d'me dire !

— Et vos jambes, ça va mieux ?

— Ah ça, y m'font marcher tous les jours. Tout le couloir. Aller et retour. Tu parles que c'est intéressant. Si ça tenait qu'à moi, j'dirais que j'suis guérie. D'autant plus que je m'ennuie ici, tu sais, petit...

L'infirmière est arrivée et a dit que les visites étaient terminées. Tom s'est approché de Madeleine. Il a hésité, puis s'est penché pour l'embrasser.

— À bientôt, alors.

— Oui, c'est ça, à bientôt. Madeleine avait, bien sûr, les yeux un peu mouillés.

Tom est reparti très vite. Pour venir, il avait dû sécher deux heures de sport. C'est la première fois qu'il le faisait. Il espérait bien que son prof ne lui en voudrait pas trop. De toute façon, pour ne pas rater le car du retour, il allait devoir courir très vite et très longtemps. L'équivalent de sept tours de stade. Sachant que l'anneau intérieur faisait quatre cents mètres et que la distance entre l'arrêt du car scolaire et l'hôpital était d'environ trois kilomètres...

Ça compenserait largement.

# 19

## Joss à la mer

Elle fait la planche. C'est la seule chose qu'elle arrive à faire sans couler. À chaque vaguelette, l'eau lui rentre un peu dans les yeux, dans la bouche et dans les trous de nez. Mais elle ne s'étouffe plus, maintenant. Elle s'est habituée à fermer tous ses clapets en même temps. Elle se sent bien. Sans personne pour la faire chier. Jean-Claude est parti avec Lola et les autres, faire une partie de volley sur la plage. Bon débarras. Ça ne lui disait rien d'y aller. Ces jeux-là, de toute façon, ça ne lui dit rien du tout. Courir, sauter, ça n'a jamais été bon pour elle. Alors, pas de sport. Le seul qu'elle ait jamais pratiqué, c'est le sport en chambre, finalement. C'est ce qu'elle se dit pour se faire rigoler. Sauf que, là, ça ne la fait pas rigoler du tout. Elle n'a pas envie d'y penser pour l'instant. Ça pourrait l'énerver. Elle a juste envie de profiter du moment.

Mais ça ne dure pas. Parce que Jean-Claude revient. Il ne peut plus se passer d'elle. Enfin... surtout de ses seins. Il les caresse, les tète, leur fait des câlins. Leur murmure des mots doux. Joss en a marre. Ça ne fait que deux jours qu'elle l'a rencontré, mais déjà, elle sature. Elle le repousse sèchement, se lève et part vers la plage. Il la suit comme un chien à qui on a retiré son os. Il geint, il chouine, mais elle sent bien que ça pourrait déraper. Elle connaît déjà. Alors elle s'éloigne rapidement sans se retourner.

— Va jouer au ballon avec tes copains. Ça nous fera des vacances.

— Joss, s'il te plaît...

Il s'arrête, la regarde partir, impuissant. Obligé de rester dans l'eau jusqu'à la ceinture pour cacher son érection.

Lola rejoint Joss en courant.

— Qu'est-ce que t'as ? Tu fais la gueule ?

— Non. Je rentre.

— T'es dingue ! C'est trop super ici.

— Ça fait plus de deux jours que ce blaireau ne parle qu'à mes nichons. Mets-toi à ma place.

— J'aimerais bien...

— Non, attends. Il m'a même pas

regardée! J'te parie que tu lui demandes de quelle couleur sont mes yeux, il sait pas!

— T'es marrante, toi. C'est toujours comme ça.

— Ouais, sauf que maintenant ça m'emmerde.

— J'ai une idée. T'as qu'à le faire payer pour toucher! Tu gagneras plein de sous!

— Mais ça va pas! J'suis pas une pute.

— Je sais bien. Mais là, ce serait pas pour baiser, Joss. Ce serait juste qu'il paye pour avoir le droit de te peloter... C'est tout. C'est pas pareil que faire la pute, quand même.

— Mmm... Le plus marrant, vraiment, ce serait qu'avec son pognon, j'arrive enfin à me payer l'opération.

Au moment de tendre la main en annonçant le tarif, elle s'est dégonflée. Elle a fait son sac et elle est partie. Toute seule, parce que Lola voulait profiter des deux jours qui restaient. C'est la première fois qu'elle venait au bord de la mer. Joss aussi. Mais pour elle, ce n'était pas une raison suffisante pour rester.

Elle a marché jusqu'à une station-service. Là, elle est tombée sur une femme très sympathique. Qui a bien voulu l'emmener un bout de chemin. Et qui l'a laissée pleurer tranquillement. Sans lui poser de questions.

Juste quand elle en a eu besoin, elle lui a tendu un paquet de Kleenex. C'est tout.

Ah si. Elle lui a dit son nom. Josette. Ça l'a fait sourire. Parce que Joss et Josette..., Mais peut-être qu'elle en avait marre de pleurer. Tout simplement.

## 20

## Croquettes

Tom est allongé par terre, la tête sous le mobil-home. Il caresse la poule douce-ment. Elle a pondu son premier œuf. Il a peur que s'il le lui prend maintenant, ça la décourage d'en pondre d'autres. Alors il décide de le laisser. Et il prend la boîte noire sous le châssis. Ce qu'il était venu chercher ici, au départ. Avant de rentrer à l'intérieur, il regarde autour de lui, vérifie qu'il n'y a personne. Et puis il ferme la porte, pousse le loquet, tire les rideaux. Son cœur bat à cent à l'heure. Il cherche la petite clef dans le tiroir à cou-verts, s'assied devant la boîte. Le mot que Joss a laissé, posé à côté. Il le connaît par cœur. Elle a bien écrit que s'il a un pro-blème, il peut prendre un peu de fric... Si c'est grave, uniquement.

Et là, pour Tom, ça l'est.

Il prend une grande inspiration et ouvre la boîte. Sur le dessus, il y a une feuille de papier couverte d'additions, de soustractions, de chiffres barrés, griffonnés, entourés de ronds. Et dessous, les billets. Il en prend un, le note sur un coin de la feuille, referme vite la boîte à clef, rouvre les rideaux, tire le loquet de la porte, sort, s'allonge par terre sous le mobil-home et remet la boîte où elle était.

Il peut enfin respirer.

Il pédale sur la route depuis une demi-heure. Il fait très chaud, il a soif et il est crevé. La route est encore longue. Il s'assied pour se reposer. Un bruit de moteur. Il se relève, pousse son vélo sur le côté. Le véhicule le dépasse, freine brutalement un peu plus loin. Et trois coups de klaxon. Le chauffeur ouvre sa portière, fait de grands gestes.

— Oh! Petit! Je peux aider?

Tom reconnaît Samy. En costume noir, cravate noire, chemise blanche... Comme la première fois. Sauf que maintenant sa braguette est réparée.

— Non merci.

Mais Samy s'approche.

— Où tu vas comme ça? Je peux te rapprocher?

— Non, non, ça va.

— Y a plein de place derrière. Regarde. Ça ne me dérange pas du tout.

Samy prend le vélo des mains de Tom, ouvre les portières arrière du corbillard. Pose le vélo contre le cercueil couvert de fleurs de lys.

Tom ouvre de grands yeux.

— T'inquiète. Ça va pas gêner.

— Mais... il y a un mort dedans ?

— Ben oui, évidemment.

— Je préfère pas trop venir, alors...

— Ben pourquoi ?

— Vous pouvez me rendre mon vélo, s'il vous plaît ?

— Mais il n'y a rien à craindre, je te jure. C'est marrant, au début, j'étais comme toi. Ça m'foutait les jetons. Mais j'ai trouvé la parade. Il suffit de se raconter des histoires. Par exemple : que les corps des morts, c'est comme des écorces vides. Des trucs qu'on abandonne ici pour pouvoir partir ailleurs, plus léger. Tu vois ce que je veux dire ?... Ouh là, je suis à la bourre. Alors, écoute. Tu vois où est le cimetière ? Eh ben, je t'arrête juste avant. Comme ça, si tu vas jusqu'en ville, ça t'avancera de quelques kilomètres. Ça te va ?

Tom accepte. Monte à l'avant. À la place du mort. Il se dit qu'il a déjà entendu dire ça une fois. Mais il ne sait pas pourquoi. Et il n'ose pas demander à Samy.

— Dis donc, petit, tu sais pourquoi on dit que la place à côté du chauffeur, c'est la place du mort ?

— Ah, c'est dingue... Non, pourquoi ?

— Eh ben, en fait, j'en sais rien ! Je ne fais pas ce boulot depuis longtemps, mais ça ne m'est jamais arrivé de transporter un macchabée à cette place-là, en attendant. C'est bizarre, hein ? Y a des questions qu'on ne pose jamais, pour pas passer pour un con. Et on en reste un sacré gros, en fin de compte ! Bon, et alors toi, ça va depuis l'autre jour ? Bientôt les vacances, hein ? T'es content ?

— Oui.

— Tu vas partir ?

— Non.

— Tu restes là toutes les vacances ?

— Ben... oui, je crois.

— Et ta sœur aussi ?

— Elle, je sais pas.

— Je demandais ça comme ça, hein. C'est pas un interrogatoire. En tout cas, moi, ça y est ! Je m'installe dans le coin. J'ai signé un CDI aux Pompes fu et j'ai trouvé un appartement. J'suis drôlement content. Je crois bien que la poisse, ça y est, elle m'a lâché la grappe. Bon, attention... on arrive, il faut prendre l'air sérieux. Je vais descendre ton vélo, discrétos. Attends-moi là, sur le côté.

Il se gare, pas loin de l'entrée du cimetière. Le nez de Tom le chatouille, à cause du pollen des lys, sûrement. Il se mouche. Des hommes et des femmes s'approchent. L'entourent. Le serrent dans leurs bras. Lui caressent la tête... Pauvre petit... Comme c'est triste... Il est si mignon... C'est terrible tout ça...

Samy arrive en poussant le vélo.

— Qu'est-ce qu'il y a ? Il est arrivé quelque chose ?

Quelqu'un lui répond en chuchotant.

— C'est le fils de la défunte. Pauvre petit bonhomme.

Tom regarde Samy, l'air de l'appeler au secours.

— Excusez-moi, messieurs-dames, mais cet enfant n'est pas celui que vous croyez. Ce n'est pas le fils de la défunte. Je suis désolé...

— C'est celui de qui, alors ?

— C'est... le mien. Il m'a accompagné. Il n'y a pas d'école aujourd'hui, c'est samedi. Alors, vous comprenez...

Tom fait la gueule. Samy lui rend son vélo.

— Tu fais bien attention en rentrant, hein, Tom ? Sois sage, fiston.

Il se penche et murmure à son oreille... *Je déconne... mais c'est rigolo, non ?...*

Tom part très vite. Il faut qu'il se dépêche d'aller acheter les croquettes pour les bêtes. Le magasin est encore loin. Et puis après il restera tout le trajet de retour. Avec les deux sacs de dix kilos de chaque côté du porte-bagages, pour équilibrer. Ça va être lourd. Mais il veut être sûr de ne pas en manquer.

Dans les descentes, il baisse la tête pour avoir l'air d'un coureur.

Et il pense. Que c'est un mec marrant, finalement, le copain d'enfance de sa mère.

Un peu siphonné.

Un peu maboul.

En deux mots, toc-toc.

... Mais pas que.

## 21

## Joss et Josette

Ça a fait un grand Boum! quand le pneu a éclaté. Elles ont drôlement sursauté. Mais Josette a réussi à maintenir le volant et à ne pas tomber dans le fossé. Après ça, les vrais ennuis ont commencé. Il a fallu trouver un garage qui veuille bien réparer. Parce que évidemment, la roue de secours était à plat. Et puis surtout, c'était vendredi. Quand tout a été réglé, il faisait déjà nuit. Joss et Josette ont commencé à avoir faim. En passant devant un petit restau encore ouvert, elles se sont arrêtées. Ils servaient encore, malgré l'heure. 21 h 30, c'était tard pour un restau dans ce coin. Une chance. Josette avait bien compris que Joss n'avait pas une thune, elle l'a donc invitée. Et elles ont mangé, parlé et ri jusqu'à minuit passé. Et le patron leur a servi du vin à volonté. À la fin, elles étaient très pompettes. Avant de mettre la clef sur le contact, Josette a sorti un éthylotest, a soufflé. Merde, la limite était dépassée... Elles ont encore un peu rigolé et puis elles se sont endormies dans la voiture, sur le parking du restau. Jusqu'au lendemain midi.

Samedi. Josette téléphone.

— J'ai dormi dans la voiture, tellement j'étais fatiguée. Tu te rends compte? Et maintenant, il faut encore que je passe sur le nouveau chantier. Je vais rentrer tard. Je te reprendrai demain, vers midi, OK? Et toi, qu'est-ce que tu fais?... Ah très bien... Mais dis donc, Rémy, il n'y a pas que le piano, dans la vie! Il faut aussi sortir dehors, profiter du soleil! Passe-moi Mine... Oui, je sais bien, ma Mine, c'est important qu'il fasse ses gammes, d'accord. Mais à son âge, il a aussi besoin de se dépenser physiquement. Je ne sais pas, moi. Raymond n'a qu'à ressortir les arcs, par exemple. Il adore ça. Bon, il faut que j'y aille. Bisous, à demain.

Elle se tourne vers Joss.

— J'ai laissé mon fils chez mes parents pour le week-end. Ils sont bien, mais il faut quand même un peu surveiller. Et toi, ton fils, tu l'as laissé avec qui?

— Tom? Il a onze ans. Il se démerde tout seul.

— T'es drôlement jeune pour avoir un enfant de onze ans!

— Ouais.

— À quel âge tu l'as eu?

— Treize ans trois quarts.

— Ah, la vache, c'est jeune. Et le père?

— Quoi, le père?

— Ben avec ton fils, il est comment?

— Il ne sait pas qu'il existe.

— Et tu ne voudrais pas qu'il le sache?

— Pour quoi faire?

— Pour le petit.

— Ah non. J'aurais trop peur qu'il ait envie de lui ressembler. Là, j'me dis qu'il a peut-être une chance de s'en tirer.

— Il est si horrible?

— Violent, casseur, taulard. Et obsédé par la taille de mes nibards, par-dessus le marché! Un vrai con, quoi!

— Ah, évidemment...

Elles se marrent. Et puis Josette reprend la route. Elles roulent en silence un moment. Joss décide enfin de lui dire.

— Je vais me faire opérer.

— Ah.

Josette laisse passer l'ange.

— Toutes les filles rêveraient d'en avoir des comme toi, tu sais.

— Oui, mais moi, ça m'fait pas rêver. Ça m'empêche juste de voir mes pieds. Et j'aimerais un jour arriver à ne plus marcher dans la merde.

— Ah. OK.

## 22

## Chocolat à la framboise

Il a fait le tour du rayon confiserie dix fois avant de se décider. Et puis finalement, avec la monnaie qui lui restait, Tom s'est payé une plaquette de chocolat. Fourré à la framboise. Ça faisait longtemps qu'il en avait envie, à cause de la photo sur le paquet. Des framboises roses et géantes. Hum... Ça lui chatouillait les papilles rien qu'à les regarder. Il est sorti du magasin. A attaché ses vingt kilos de croquettes de chaque côté du porte-bagages. Et a repris la route.

Il a attendu d'avoir très faim avant de s'arrêter. Et puis il a choisi un arbre. A appuyé son vélo contre le tronc, s'est assis à son pied. Et là, il a sorti la plaquette de sa poche. Délicatement, sans déchirer la jolie photo des framboises, ni le papier doré, il l'a ouverte. En prenant tout son temps. Il a cassé un premier petit carré, l'a regardé de tous les côtés, l'a humé longuement, et enfin, l'a glissé dans sa bouche. C'était clair. Il se rappellerait toujours ce moment. Il a fermé les yeux, a laissé fondre sur sa langue la mince couche de chocolat, et quand il a senti poindre l'arôme et la texture de la framboise, il a poussé un très très long soupir. Ah la vache... c'est trop bon... Et puis il a rouvert les yeux. La première impression était passée. Alors il a englouti tous les autres carrés, pour essayer de la retrouver. À la fin, il s'est dit qu'il aurait dû arrêter avant. Mais c'était trop tard. Il avait fait la connerie. Un peu écœuré, il a froissé l'emballage, l'a jeté derrière lui. Il a grimpé sur son vélo et s'est remis en route. Avant d'arriver chez Madeleine, il a dû s'arrêter. Il a vomi dans le fossé. Un dégueulis noir, avec des filets roses. Rien qu'à voir, ça lui a donné des suées.

Balourd et Le Mité l'attendaient, allongés côte à côte devant la porte fermée. À l'instant où il a ouvert, ils se sont précipités sauvagement dehors, en le bousculant. Il a failli tomber. Il les avait effectivement fait attendre trop longtemps. L'odeur l'attestait. Il a tout nettoyé très vite, et puis s'est allongé sur le lit, pour se reposer. La tête lui tournait. Mais la journée avait été rude. Tous ces kilomètres à vélo, la plaquette de chocolat sur l'estomac, et ces merdes de chien et de chat à l'arrivée, ça aurait mis n'importe qui à plat.

Et Tom s'est endormi.

Vers minuit, il s'est réveillé. Il se sentait mieux, mais pas complètement remis. Son estomac faisait encore des nœuds. Il a cherché dans le garde-manger de quoi faire un bouillon. C'est tout ce qu'il pouvait avaler. Et il a décidé de rester dormir là. Joss de toute façon ne devait pas rentrer avant le lendemain soir, dimanche. Et la poule se débrouillerait bien sans lui pour se trouver à manger autour du mobil-home.

Il s'est recouché, après avoir fermé la porte à clef. Une vraie porte en bois, celle-ci. Il s'est senti à l'abri.

Au bout de quelques minutes, il s'est relevé pour entrebâiller la fenêtre.

Et enfin, tranquillement, il s'est endormi, bercé par les ronflements et les pets du vieux chien presque aveugle et du chat tout mité, lové contre lui.

## 23

## Le rêve de Balourd

Ça sent bon... Mmm oui, très bon... Par
là... Non, par ici... Ouh lala... Ça m'excite...
Tu me suis, hein?... Fais pas l'idiot, petit!...
Colle-moi bien au train... Je suis trop
occupé à fourrer mon nez partout... Fais
comme moi, et après on verra... On trou-
vera ce qui te convient le mieux, la prochaine fois... Garde bien le rythme!
T'entends?... On va se perdre, sinon... Il
suffit d'un rien, d'un p'tit cri, d'une petite
accélération, et ouaf! un coup de reins, et
je pars comme une fusée, moi!... C'est la
testostérone. C'est ce qui me rend si
impulsif... Mon talon d'Achille... J't'entends plus haleter. T'es où?... Et merde...
Personne n'arrive à me suivre. J'suis trop
chaud... Tant pis. Je finirai tout seul... Je
préfère, de toute façon... Ah! Je gagne du
terrain... J'suis même pas essoufflé... C'est

pas comme elle... J'l'a sens s'épuiser... J'vais m'la faire... j'vais la baiser... STOP!... Plus bouger... Aïe! ma queue se dresse... Elle bat trop fort... Putain, ils auraient dû m'la couper... Ça, quand j'suis trop excité, j'la contrôle plus... Mais faut que j'me retienne. Pas gémir... Me calmer... Là, comme ça... c'est mieux... Respirer, rentrer la langue... C'est fou, j'me mets à baver, maintenant... Faut pas relâcher... Attendre encore... encore un peu... C'est bon, j'l'entends arriver, mon pépère... là, j'le sens, l'est plus qu'à deux pas, c'est mon pépère à moi, ça... Il arme. Pan! Pan! Pan! Ah. Mais, c'est pas possible! J'y crois pas. Mais quel con! Il a encore raté. Il sait même pas se servir d'un fusil. Et c'est sur lui que j'suis tombé... Et il veut que je forme le p'tit corniaud, parce qu'il trouve que j'suis trop vieux. Mais quel blaireau! Ça fait une heure que je suis cette biche, que je lui mâche tout le boulot, et pan! à côté. Ça me fout les boules. Il va juste à la chasse pour promener ses kilos et pour picoler. Quoique... avec les contrôles, il fait plus trop le mariolle. J'm'en plains pas. Je risque moins de m'faire trouer la peau. Bon ben, c'est fini pour aujourd'hui. On rentre?... Mais où il est encore passé, le p'tit ? J'parie qu'il va pas retrouver son chemin. Et qu'on va devoir le chercher jusqu'à la nuit. Comme la dernière fois. Quand on l'a retrouvé, il était blotti dans un creux d'arbre et il tremblait comme s'il avait vu un loup-garou. Il aurait fallu en faire un animal de compagnie. Il a le sang cuit. Mais bon. Ils font c'qu'ils veulent. Ils sont pas bien malins. En attendant, moi, je ferme ma gueule, j'obéis... et j'en pense pas moins.

Hein, mon gros pépère... c'est mon gentil pépère à moi.

Bon, alors ? Quand est-ce qu'on mange ? J'ai vraiment les crocs, là.

Balourd ouvre les yeux. Il fait noir. Il a dû encore rêver trop fort. Ou bien il est mort. Il se tâte, se gratte derrière l'oreille, se sent le troufion. Non, il ne doit pas être mort. Il pète encore, et il trouve ça toujours aussi incommodant. Mais est-ce que quand on est mort... ? Il décide de ne pas faire chier Le Mité avec ses questions, il est assez flippé comme ça, le pauvre matou. Pas la peine d'en rajouter. Allez, il retourne à ses affaires. Courir jusqu'au bout de la nuit. Retrouver sa biche. Ô sa biche! Une sacrée beauté. Une comme il en a toujours rêvé. Qui le regarde, chaque fois qu'il est sur le point de l'attraper, avec des yeux si doux, si doux... que ça le fait craquer. Alors, il la laisse filer. Pour mieux la retrouver. Une vraie biche de rêve, celle-là !

Demain matin, quand même, il essaiera de se lever tôt pour mettre les choses au clair. Ce serait intéressant de savoir, une fois pour toutes, s'il est mort, ou s'il est vivant. Rapport à ses viscères, s'entend.

## 24

## Joss s'inquiète

Joss est rentrée plus tôt que prévu. Et elle a attendu Tom une bonne partie de la soirée. Évidemment, elle s'est un peu inquiétée. Mais au bout d'un moment, elle en a eu marre d'attendre et elle s'est couchée. Après avoir mis la poule dehors et fermé la porte avec le loquet.

Et là, elle est allongée dans le noir, les yeux grands ouverts.

Elle ne trouve pas le sommeil. Les trois derniers jours défilent en accéléré. Sa rencontre avec Jean-Claude, et elle qui se dit une fois de plus : Ouf, ce coup-là, c'est le bon. Sauf que... ben non. Encore trompé. Un de plus qui ne bande que pour ses nénés. Et puis Lola, sa copine olé olé... *Écoute, Joss, j'ai une super idée...* Elle se demande encore pourquoi elle l'a écoutée.

Quelle connerie. Mais le pire, c'est après, quand elle l'a lâchée comme une patate chaude. Juste parce qu'elle voulait rester encore pour profiter de son week-end à la mer. Ça, elle ne l'a pas digéré. Quelle salope! La suite, ça va mieux. La rencontre avec Josette, qui la prend en stop. Pédégère d'une entreprise de rénovation dans le bâtiment! Balèze. Elles vont sûrement se revoir. Et puis, maintenant. Elle, toute seule. Dans ce mobil-home pourri, au milieu de nulle part. Avec une porte si mince qu'il suffit de mettre un coup d'épaule dedans et crac! n'importe qui peut entrer, n'importe quand. C'est la première fois qu'elle se le dit. La première fois qu'elle y pense. Peut-être à cause de l'histoire l'autre jour avec Samy. Quand il l'a rattrapée et qu'il l'a... C'est sûrement à cause de ça. Si Tom n'était pas arrivé avec le fusil... Il y a de drôles de bruits, dehors. Elle écarte le rideau. Il fait nuit noire. On ne voit rien. Elle a un peu peur, d'un coup.

Et Tom. Il est où?

Elle se lève sans allumer la lumière, et sans faire de bruit. Va boire un verre d'eau. Jette un œil au réveil. Deux heures du matin. Elle ne sait pas quoi faire. Se préparer à manger, peut-être ? Lire ? Elle a des devoirs en retard. Ce ne serait pas idiot de s'y mettre maintenant. Elle tend la main vers l'interrupteur... Un cri dehors. Qui la fait frissonner de la tête au pied. Tout près du mobil-home. Quelque chose est en train de se passer. C'est violent. Ça ne dure pas. Une poignée de secondes et c'est fini. Elle ouvre la porte à la volée. Allume la lumière. Le renard s'enfuit en laissant la poule derrière lui. Il y a encore des plumes qui planent dans l'air. Atterrissent lentement. S'accrochent aux brins d'herbe... Joss ramasse la poule. Caresse sa tête. Son duvet encore chaud. Lui murmure qu'elle regrette, qu'elle n'aurait pas dû la virer tout à l'heure. Qu'elle est désolée. Et puis, elle se reprend. Lui tord le cou, d'un coup sec, pour abréger son agonie. L'accroche par les pattes à la corde à linge, va chercher un couteau, la saigne. Pas la peine qu'elle se perde. Elle va la cuire. Faire une poule au pot. Quand Tom reviendra demain, ils vont se régaler.

Elle enveloppe la poule dans un sac qu'elle laisse accroché au fil. Des fois que le renard reviendrait plus tard la chercher. Et elle rentre, prend ses cahiers, se met à réviser. Elle a pris beaucoup de retard ces derniers temps. Il faut qu'elle arrive à tout rattraper. Parce que après le bac, ça ne sera pas terminé. Il va falloir encore beaucoup étudier pour devenir infirmière. Putain. Qu'est-ce que ça lui plairait. Faire des piqûres, des prélèvements, et tout le tremblement. Le sang, ça ne lui fait pas peur. Et la pisse, la merde et le vomi ne la dérangent pas non plus. C'est un avantage, quand on veut faire ce boulot, a priori...

Pour l'instant, stylo dans la bouche et regard au plafond, elle prend de bonnes résolutions. Sortir moins. Boire moins. Arrêter de croire à l'amour à chaque coup. Trouver du boulot. Ça, ce serait vraiment bien. Surtout pour pouvoir habiter ailleurs, se payer autre chose que ce mobil-home déglingué. Ça commence à faire long, le « en attendant ». Trois mois. Sans une vraie chambre, sans une vraie salle de bains, sans des vraies toilettes, sans téléphone, ni rien. Ça commence à être chiant.

Elle repense à Tom. Où il est, ce p'tit con. Si j'le chope...

Il est quatre heures du matin. Et Joss s'inquiète un peu, naturellement.

## 25

## Madeleine s'ennuie

Quatre heures cinq. Plus qu'une heure et cinquante-cinq minutes avant que l'infirmière du matin passe faire les soins et apporter le petit-déjeuner. Vous allez bien, madame Madeleine? Bien dormi?... Non, non. J'ai très très mal dormi, merci. Avec le sourire. De toute façon, elle ne fait pas attention à ce que je dis. Et pis moi, ça m'amuse. J'en ai pas beaucoup l'occasion, ici. Avec tous ces malades, partout. Tous ces vieux qui se plaignent à longueur de journée. Et de nuit, surtout. Enfin, quand ils n'ont pas eu leur dose pour les calmer, hein. Parce que moi, j'ai bien compris. Dès la deuxième nuit. Ils font ça pour être tranquilles, ceux qui sont de garde. Pas tous, évidemment. Mais certains... Je les ai repérés. Le premier matin, j'ai même pas pu ouvrir les yeux tellement ça m'avait calottée, leur machin. Alors, j'ai trouvé la combine. C'est des pilules qui ressemblent aux sucrettes qu'ils donnent pour le café du petit-déjeuner. J'en mets deux dans une main. Et puis, hop! Ni vu ni connu, j'échange. J'les avale devant eux. Ils sont contents, ils se disent qu'ils vont pouvoir un peu se reposer. Mais je les comprends, remarque. Je ferais pareil si j'étais eux. Parce que... il y en a ici, j'aimerais pas avoir à m'en occuper. Des vieux schnocks qui râlent tout le temps. Qui appuient sur la son-nette sans arrêt. Ah ça, y en a en quan-tité... En attendant, les pilules, je les mets en réserve. J'en ai déjà quatorze. Un bon petit paquet. Je les garde dans la boîte en plastique qu'ils m'ont donnée pour mettre mon dentier. J'les cache sous le mouchoir en papier. Au moins là, j'en suis sûre, per-sonne va jamais regarder. Ça me servira peut-être un jour. J'aime pas souffrir. Alors, quand ça viendra, si personne n'est là pour m'aider, eh ben... j'aurai tout c'qu'il faut. Sans embêter personne.

— Bonjour, Maïté. C'est à quelle heure, le petit-déjeuner?
— Ça vient, ça vient... Ils sont pressés

ici, bon dieu... Ah, mais, vous êtes en forme aujourd'hui, madame Madeleine. Vous commencez à vous requinquer, hein?

— Deux kilos en sept jours.

— Il fallait bien ça. Quand vous êtes arrivée, vous étiez pas belle à voir. Il ne vous restait plus que la peau sur les os.

— J'ai toujours été menue, remarquez.

— Oui, mais là, on aurait vraiment dit... je ne sais pas, moi... on aurait dit que vous sortiez d'un camp de concentration!

— Ah.

— Vous étiez très très carencée. D'ailleurs, franchement, les premiers jours, avec les collègues, on prenait les paris.

— Ah bon?

— Mais là, vous êtes tirée d'affaire. Enfin, pour l'instant. Parce que vous allez devoir faire très attention quand vous allez rentrer chez vous. Changer vos habitudes. Manger régulièrement. Trois repas par jour, hein.

— C'est pas que j'aimerais pas, mais ça coûte des sous.

— Oui, je comprends. Mais il va quand même falloir que vous trouviez une solution. Parce que l'idéal ce serait que vous mangiez de la viande au moins une fois par jour. Vous voyez? Sinon, rebelote les pompiers.

— Ah.

— Vous sortez quand?

— Ben ça, j'aimerais bien l'savoir, tiens.

— Je vais aller demander au médecin-chef. Je reviens.

Madeleine a attendu toute la journée. L'infirmière n'est pas repassée. Trop de patients. Trop de choses à faire. La pauvre, c'est un métier fatigant. Demain, elle lui redemandera. Ce coup-là, peut-être qu'elle se rappellera... Parce qu'il va falloir aussi qu'elle trouve quelqu'un pour venir la chercher. Momo, peut-être? Il a une auto de service, maintenant. Mais toujours pas le téléphone. Sinon, il y a bien la boulangère. À l'occasion de sa tournée. Ça mange pas de pain de lui demander...

Et voilà. Madeleine sourit enfin.

## 26

## Samy écoute Bashung

Ça résonne beaucoup. Normal, c'est encore vide. Quand il se sera installé, qu'il aura mis des meubles, ça ira mieux. Pour l'instant, il a apporté sa valise, son sac de couchage et un carton. Avec ses livres et sa musique. C'est tout ce qu'il a, de toute façon. Samy se balade dans son petit deux-pièces, coin cuisine, cabinet de toilette, WC. Il regarde. Les murs, le parquet, les fenêtres, l'épaisseur des cloisons. Il essaye. Les interrupteurs, la chasse d'eau, les poignées de porte, la lunette des WC. Il trouve tout très bien, très beau. C'est sa maison, maintenant. Son petit palais de Versailles à lui. Pour fêter ça, il s'est acheté une bouteille de champagne. Il la débouche, remplit un verre à dents. Trinque avec son reflet dans le miroir au-dessus du lavabo. À la tienne, Samuel... Il grimace. Ça le gêne d'entendre sa voix. À cause de l'écho. Du coup, il se dit qu'il va peut-être devoir mettre des rideaux aux fenêtres. Pour amortir les sons. Et faire joli. Tant pis si ça fait un peu intérieur de tapette. Il a juste pas envie que ça ressemble à quand il était au trou.

Il déballe sa chaîne hi-fi toute neuve. La pose à même le sol. Recule pour voir ce qu'elle donne dans son salon. C'est sa première chaîne. Alors ça l'émeut, forcément. Il fouille dans le carton, trouve le CD qu'il cherchait. Retire le papier cellophane.

Bashung. *Bleu pétrole*. Son dernier.

Il fredonne avec lui.

Une chanson qui parle de courir moins.

Jusqu'à ne plus courir du tout.

De sourire moins.

Jusqu'à ne plus sourire du tout.

D'aimer moins.

Jusqu'à...

Et puis il sort les six livres du carton. Tous neufs. *Pas en livres de poche, s'il vous plaît*. C'est ce qu'il a demandé à la fille de la librairie. C'était plus cher, bien sûr. Mais pour la première bibliothèque de sa vie, il ne voulait pas démarrer petit.

Il lui a demandé de les choisir tous les six. Elle était nouvelle, c'était la première fois qu'on lui demandait ce service. Il a bien remarqué qu'elle avait le trac. Avant de partir dans les rayons, elle a posé quelques questions. C'est tout. Quand elle est revenue elle a étalé les six livres devant lui. Elle ne voulait pas qu'il reparte sans avoir au moins jeté un œil... Sur les titres ? Les couvertures ? Les bios des auteurs ? Bon ben... les quatrièmes de couverture, alors... Non ? Vous êtes sûr ? Ah bon. J'aimerais vous résumer quand même... S'il vous plaît, monsieur... Il a accepté. Mais c'était vraiment pour lui faire plaisir.

Il va commencer par *Bleu de chauffe.* Le mec qui l'a écrit s'appelle Nan Aurousseau. La fille a prononcé Nane. Jamais entendu ce prénom avant. En tout cas, ce mec, il a fait de la taule et maintenant il est écrivain. Ça l'épate, Samy. Parce que lui, des fois, ça lui arrive d'écrire des poèmes. Il a commencé quand il était ado. Des trucs enflammés, évidemment. Pour ses petites fiancées. Mais, un jour, il a trop morflé. Et il a décidé qu'il ne les ferait plus jamais lire à personne. Depuis, il écrit ses poèmes quand vraiment ça le déchire trop à l'intérieur et qu'il faut que ça sorte. Quand il ne peut plus faire autrement. En cachette. Souvent dans les chiottes. Il les garde quelque temps, et puis il les brûle. Pour être sûr que ça ne tombe pas entre les mains de n'importe qui. Il se sentirait trop vulnérable. C'est pas bon, ça, pour lui.

Samy est libre depuis bientôt six mois. Mais il a encore du mal à le croire. Et il n'est pas tout seul. Un type, l'autre jour au café, lui a raconté que ça lui a pris des années avant d'en être sûr. Et qu'encore quelquefois la nuit, il se réveille en hurlant. Parce qu'il croit entendre la clef tourner dans la serrure... Chlack!

Farid, il s'appelle. Un type très sympa. Il travaille dans l'édition. Des livres de cuisine, uniquement. C'est pas vraiment sa tasse de thé, ces bouquins-là. Mais la façon dont il en parle, ça a l'air hyper-intéressant.

## 27

## Captain Achab, chat jaloux

Il fait beau. Archi et Odette prennent leur petit-déjeuner dehors. En écoutant d'une oreille distraite les infos à la radio. Allongé à leurs pieds, Captain Achab cherche par tous les moyens à attirer leur attention. Il aimerait leur faire comprendre, ce matin, qu'il a un besoin pressant de caresses. Là, sur le ventre, ce serait bien. Maintenant! Ça fait des jours et des jours qu'ils le négligent. Alors il met le paquet. Long étirement, clignement d'yeux lascifs. Vers Odette, surtout. Elle y est particulièrement sensible. Mais, rien. En dernier recours, il tente le bâillement suivi d'un miaulement bref. D'habitude ça les fait sourire. Mais là, aucune réaction. Il est écœuré. D'autant plus qu'il sait parfaitement à quoi ils pensent. Au petit morveux qui vient leur voler leurs fruits et leurs légumes, sans que jamais ils l'en empêchent. Une énigme.

Parce que...

Ça va faire presque un an qu'ils sont installés ici et qu'ils travaillent d'arrache-pied pour réussir leur jardin. Et ça se passe plutôt bien. Surtout quand on connaît leur très lourd handicap de départ : une profonde détestation du vert. Avant d'arriver ici, ils ne le supportaient même pas en peinture! C'est dire. Bien qu'ils refusent encore de l'admettre, c'était par pure superstition. Passons... En avait découlé qu'aucun d'eux n'avait jamais mis le nez à la campagne, ni n'avait fait pousser le moindre petit brin d'estragon sur un balcon. Sans parler du travail manuel. Ils n'avaient été employés que dans des bureaux, ne s'étaient noirci les ongles qu'en changeant la cartouche d'encre de leur imprimante, ne s'étaient brisé les reins qu'à rester assis des journées entières devant leur écran d'ordinateur. Leurs poumons ne s'étaient emplis que d'air dangereusement chargé en $CO_2$, les semelles de leurs chaussures n'avaient foulé que du bitume. Suivant cette logique, ils ne s'étaient nourris que dans des restaurants, ne se fournissaient que chez des traiteurs, au mieux, à la maison, ils se faisaient des plats surgelés, les jours de congé. La retraite arrivant, ils ont dû tout recalculer. Et ça leur a pété au nez. Ils n'avaient plus les moyens de vivre en ville. Ils ont donc vendu leur appartement et ont atterri ici. Les premiers temps leur ont paru difficiles. Ils ne connaissaient personne et s'ennuyaient comme des rats morts. Alors, pour éviter la dépression et l'alcoolisme, ils se sont lancés à corps perdu dans la cuisine, le jardinage, le bricolage. Ils ont tout essayé. Et puis, ils se sont fait des copains. Tous branchés bio. En vieillissant, les gens prennent conscience de leur santé. Enfin, peut-être... En tout cas, pour eux, ça a été évident : finis les produits chimiques, les désherbants systémiques, les pesticides foudroyants. Bonjour le purin d'ortie, la binette à papa, les coccinelles mangeuses de pucerons. Et comme Archibald et Odette sont des gens sérieux, ils ont étudié la question à fond. Ils se sont documentés, ont testé, ont visité tous les salons Nature de la région. Acheté des tas de bouquins. *Réussir un jardin bio en dix leçons, Jardiner bio avec la lune et les astres, Secrets d'un bio jardinier...* Bref, la panoplie. Ils sont devenus incollables. Mais surtout, totalement convaincus. Et un soir, après un repas plutôt bien arrosé, histoire de corser un peu plus leurs vies, ils se sont lancé un nouveau défi. Devenir autonomes! Arriver à tout cultiver eux-mêmes et ne plus avoir à acheter aucun fruit ou légume au supermarché. Le tout en moins d'un an. Le challenge les a excités. Dès le lendemain, Archibald s'est lancé dans la construction d'une serre, pour produire des légumes en toutes saisons. Et Odette s'est spécialisée dans les arbres fruitiers. Parce que la campagne sans confitures, Archi, c'est... comme Tati sans sa pipe, Marseille sans sa sardine, ou le cirque sans Medrano. N'est-ce pas, chéri? Mais Archi ne connaissait ni la pipe de Tati, ni l'histoire de la sardine du port de Marseille, ni le cirque Medrano. Et il n'a rien répondu.

Alors, voilà. C'est presque la fin de leur première année. Ils sont sur le point de remporter leur défi. Après tous ces mois de patience, ils commencent à peine à profiter de leur travail, à voir le résultat de leurs efforts. Et c'est le moment que choisit un petit salopiaud pour venir piquer toutes leurs pommes de terre et toutes leurs carottes! Et eux, non seulement ils le laissent faire, mais ça les fait rire. L'énigme s'épaissit!

Là, en plus, ils sont inquiets. Et un peu déçus pour hier soir. Ça se voit. Ça se sent. Ils avaient tout bien préparé. Soigneusement choisi le film – *Le Renard et l'Enfant,* c'est bien pour son âge? Qu'est-ce que vous en pensez? J'espère qu'il va aimer –, sorti les chaises longues dans le jardin avec des plaids au cas où il ferait frais. Odette avait même laissé sur la petite table basse quelques parts d'un gâteau au chocolat dont elle seule a le secret. Et... le petit morveux n'est pas venu. Alors, ils s'inquiètent vraiment. Parce que ça fait quand même déjà trois jours qu'il n'est pas passé faire sa razzia dans la serre et au potager. Ça leur manque. Ils pensent qu'il lui est arrivé quelque chose. Ils se prennent un peu pour des grands-parents. Les pauvres. Ils n'ont pas eu d'enfants. Ça les démange, sûrement.

En attendant, s'il lui est vraiment arrivé quelque chose, ce serait bien fait pour lui. Il apprendrait qu'on finit toujours par payer ses faux pas. Sa patte en moins est là pour l'attester...

Aïe, aïe.

Captain Achab est jaloux.

Les chats ne sont pas tous parfaits. Loin s'en faut.

## 28

### Où t'étais?

Tom n'avait pas très envie de rentrer chez lui. Il s'est dit qu'il n'avait pas grand-chose à y faire aujourd'hui. Pas de devoirs. Bientôt la fin de l'année. Vu le mauvais trimestre qu'il venait de passer, il aurait de toute façon un max de trucs à réviser pendant les vacances d'été. Autant ne rien faire pour l'instant. Vers midi il s'est préparé une plâtrée de coquillettes. Un vrai festin. Et puis il a fait le tour du potager. Pour vérifier ses plantations. Les pieds de tomates avaient l'air d'aller bien. Tous fleuris. Il s'est dit qu'il passerait dans la soirée chez ses voisins – qui se disent « vous » et qui sont polis même quand ils sont fâchés – pour voir comment, eux, ils s'y prenaient. Et en profiter, du même coup, pour faire quelques provisions. Ça faisait bien trois jours qu'il n'y était pas allé. Il ne restait plus rien à manger à la maison. Joss allait râler quand elle rentrerait.

Il avait tout son temps, alors il a visité la petite cabane, à côté de la maison. Un ancien poulailler. Il y avait encore les nichoirs, avec de la paille dedans. Un sacré bric-à-brac. Dans une malle, il a trouvé des tas de vieilles bandes dessinées. Il en a pris une au hasard. Et puis il a sorti une chaise longue en osier toute trouée, l'a installée dehors sous un arbre et s'est allongé pour lire. Balourd est venu en trottinant s'allonger à ses pieds. Il s'est mis à ronfler très fort, et à péter aussi. Mais dehors, c'était moins incommodant.

Tom a lu *Bibi Fricotin et les soucoupes volantes*. Il a trouvé ça très marrant. Un peu naïf, aussi. Par exemple, quand ils se retrouvent sur la planète Mars, Bibi Fricotin et son copain Razibus Zouzou – il est drôle ce nom-là – respirent sans porter de scaphandres... Et puis quand ils discutent avec les Martiens, ils se comprennent parfaitement. Comme si c'était possible qu'ils parlent la même langue! Mais le truc qui l'a le plus fait rigoler, c'est quand ils décident de voler une soucoupe volante pour rentrer sur Terre, mais qu'ils n'y arrivent pas... parce qu'il y a un antivol, justement! Trop fort, vraiment.

Il est retourné en chercher d'autres. Et il est tombé sur un carton plein de *Mandrake, Blek le roc, Rodéo, Nevada, Yuma, Pepito...* Une mine de BD. Il faudra qu'il demande à Madeleine où elle les a trouvées.

Fin de journée. Il fait ses courses chez les voisins.

Il passe par le trou dans la haie, s'arrête, écoute. Pas un chat. Courbé en deux, il court entre les rangs de carottes, en prend quatre. Rebouche bien la terre, tasse avec le pied. Fait de même avec quatre poireaux. Puis il tombe en arrêt devant des plants de tomates fraîchement plantés. Ils sont déjà couverts de toutes petites tomates vertes. Il lit sur l'ardoise fichée au pied qu'elles portent un nom avec le mot « précoce » dedans. Quand il a pris les plants l'autre fois, il n'a pas fait attention. Il est un peu déçu parce que, pour les siennes, il va devoir attendre plus longtemps avant de pouvoir en manger. En attendant, il regarde comment les branches sont attachées aux piquets. Il veut tout faire pareil. Il voit aussi qu'il y a des bouteilles en plastique, avec les fonds coupés, plantées tête en bas, à chaque pied. Pour arroser. Pas idiot.

Avant de repartir, Tom hésite, mais finalement entre dans la serre. Il reprend quatre nouveaux plants de tomates, en faisant attention cette fois qu'il y ait bien écrit le mot « précoce » sur l'étiquette. Il part en courant, passe sous la haie. Le chat n'est pas là. Ça l'étonne. Il range les légumes et les plants dans le cageot qu'il a fixé sur le porte-bagages de son vélo. Il fait attention à ne pas les abîmer. Et puis... il décide d'y retourner. Cette fois-ci, il prend des plants de concombres et de courgettes. Ils sont très gros. Il a peur de ne pas arriver à passer sous la haie. Effectivement, il doit s'y prendre à deux fois. À la deuxième, Captain Achab est là, assis juste en face du trou. Qui le regarde méchamment. Encore plus méchamment que les autres fois. Tom se raidit. Il pense même une seconde à tout lâcher et à partir en courant. Mais finalement, il tend les plants devant lui, et marmonne : « C'est les derniers... j'en prendrai plus, OK... » Captain se lève, le regard fixe, l'air mauvais. Il s'approche lentement, claudique sur trois pattes. Tom ferme vite les yeux pour qu'il n'ait pas l'impression qu'il veut le narguer, comme il a lu quelque part que ça pouvait arriver. Un frôlement contre sa jambe. Il pousse un cri. Le chat s'est déjà engouffré sous la haie. Et Tom pense qu'il n'est peut-être pas si méchant que ça, après tout. Mais ça reste à prouver...

Il pousse le portail, appuie son vélo contre un arbre. À l'ombre. Pour éviter que les plants ne s'abîment. Il y a des plumes un peu partout autour du mobil-home. Des plumes rousses. Du duvet accroché aux grandes herbes qui palpite au moindre souffle d'air... Il s'approche lentement de la porte. Elle s'ouvre à toute volée. C'est Joss, et elle a l'air très très en colère. Tom fait un bond en arrière.

— Où t'étais ?

— Dans le jardin des voisins.

— Depuis hier soir ?

— Ben non, évidemment.

— Attention, Tom. Me prends pas pour une conne. T'étais où cette nuit ?

— Chez un copain.

— Qui ?

— Ben... tu le connais pas. C'est un copain d'école.

— Tom !

— T'avais écrit que tu rentrerais qu'aujourd'hui, alors je croyais...

— Viens ici.

— Non, m'man... s'il te plaît...

— Viens ici, j'te dis.

— M'man, s'te plaît...

Elle l'attrape, lève la main, il se laisse tomber à ses pieds, se couvre la tête avec les bras, gémit.

— T'étais où?

— J'aime pas rester tout seul ici, c'est pour ça...

Joss arrête son geste.

— Allez, rentre.

Il obéit. En faisant attention d'éviter ses pieds. Elle le suit.

Sur la table, il voit la boîte noire ouverte. Il a compris. Ça va être sa fête.


Mais il lui a expliqué qu'il avait eu tellement faim qu'il avait pris le fric pour aller acheter un lapin. La preuve... elle pouvait regarder dans le frigo, il en restait un morceau. Et puis avec la monnaie, il avait hésité, mais finalement il avait pris une plaquette de chocolat à la framboise. C'est idiot, mais ça lui faisait trop envie. Sauf que là, il ne pouvait pas lui montrer, parce qu'il avait tout mangé. Et que ça l'a rendu très malade. Elle s'est marrée... T'as dégobillé?... Oui... Bien fait pour toi.

T'avais qu'à m'en laisser. C'est bon ça, le chocolat à la framboise?... Ouais, trop bon... J'aimerais bien goûter. Si on allait en acheter?... Là, maintenant, ça ne me dit rien du tout... Elle s'est approchée de lui, a levé la main, il s'est protégé avec son bras, mais elle voulait juste lui caresser la tête. Il l'a regardée par en dessous, méfiant, et elle lui a souri. Il a pleuré de soulagement. Et elle aussi. Allez, viens là. Je ne sais pas pourquoi je m'énerve comme ça. C'est plus fort que moi. Mais tu m'connais, ça passe vite, hein.

Et tout bas, elle ajoute... *Moi aussi, j'ai eu peur toute seule ici, cette nuit, mon p'tit Tom. C'est tout... C'est fini.*

# 29

## Sortie de service

Madeleine attend devant la porte de service, son cabas d'une main, sa canne de l'autre. Enfin, le véhicule arrive, s'arrête à quelques mètres. Le chauffeur claque la portière, passe à côté d'elle en courant. Elle attend. Mais comme il met du temps à revenir, elle décide de se débrouiller sans lui. Elle fait le tour, ouvre la portière, s'installe avec peine à l'avant. Elle marmonne : « La première arrivée est la mieux servie... » Elle ricane toute seule. Et puis les portières arrière s'ouvrent brutalement. Ça la fait sursauter. Elle a du mal à se tourner, son cou est un peu raide. Mais elle entend très bien. Ils approchent le brancard, le roulent jusque devant les portes, le chargent sans ménagement. Elle se dit qu'elle n'aimerait pas être à cette place. Ils ne sont pas très délicats, ces gens-là. Les portières se referment, et le chauffeur vient s'installer au volant. C'est Samy. Il regarde Madeleine, l'air ahuri.

— Mais... qu'est-ce que vous faites là, madame?

Madeleine hausse les épaules.

— Je vous attendais, pardi.

C'est la première fois qu'une chose pareille lui arrive. Samy ne sait pas quoi faire, ni quoi dire.

— Vous êtes de la famille, c'est ça?

— De qui donc?

— De... la personne que j'ai chargée à l'arrière.

— Ah, ça ne risque pas. Je n'ai pas de famille par ici. Mais puisque vous en parlez... de l'autre là, derrière... j'en profite pour vous dire. Vous manquez de délicatesse avec vos clients, jeune homme. La façon dont vous avez monté celui-ci à l'instant, je vous jure, ça m'a fait froid dans le dos. Quand on souffre, la moindre secousse est un calvaire, vous savez. Le prenez pas mal, hein. Si j'dis ça, c'est pour vous. Vous pourriez en avoir qui se plaignent. Et pis, ça se pourrait aussi que ça vous arrive un jour, de vous retrouver à cette place. Et là, vous comprendriez

156

bien ce que je veux dire. Bon alors... on y va? Ou on attend encore quelqu'un?

Samy se demande s'il ne devrait pas appeler Arnaud, son patron. Il aurait peut-être une idée de ce qu'il faut faire dans un cas comme celui-ci.

— Et... vous voulez aller où, exactement?

— Ben chez moi, voyons! J'ai hâte de retrouver mes vieux démons. Huit jours que je les ai pas caressés, dites donc.

Samy se dit qu'il va y aller mollo-mollo. Pas la brusquer, la pauvre vieille. Elle a sûrement un p'tit grain.

— Et... c'est loin d'ici, chez vous?

— Non. Pas trop.

— C'est quoi, pas trop? Dix minutes, un quart d'heure?

— Oh non.

— Moins?

— Non. Plus.

— Je ne vais pas pouvoir vous ramener, alors. J'ai... mon client, à l'arrière, qui veut aussi rentrer. Il est pressé. Il a besoin de repos.

— Vous pouvez le déposer en premier. Ça ne me dérange pas du tout.

Il soupire un grand coup et tourne la clef de contact.

— Non. Il va dormir, de toute façon. Je vais commencer par vous, finalement. Vous m'indiquez la route, madame, s'il vous plaît. Vous serez gentille.

Samy a donc appris, pendant le trajet, que Madeleine s'appelait Madeleine et qu'elle n'avait pas spécialement de p'tit grain. Ses vieux démons n'étaient autres qu'un chat et un chien. Et pour le reste, c'était un quiproquo. Maïté, l'infirmière, ne lui avait annoncé que ce matin qu'elle sortait le jour même. Elle n'avait donc pas eu le temps de trouver quelqu'un pour venir la chercher. Elle avait bien pensé à un certain Momo, mais il n'avait pas le téléphone. Et la boulangère, manque de bol, le lundi, ne faisait pas sa tournée. Vous parlez d'une guigne... Alors elle s'est dit : bon sang ! il y avait forcément des navettes, pour ramener les gens chez eux. On venait bien les chercher... Et voilà, elle a attendu un peu et elle est tombée sur lui. Un bon p'tit gars, bien gentil... Samy a souri. Elle a quand même trouvé ça drôle qu'ils soient si peu nombreux à rentrer chez eux aujourd'hui. Et puis elle s'est penchée pour dire en messe basse :

L'autre là derrière, il a pas dit un mot. Il nous snobe, vous croyez?... Là, il a failli rigoler. Mais il a répondu qu'il devait dormir. Qu'il était très fatigué.

Quand ils sont arrivés, il l'a aidée à marcher jusqu'à sa porte. Elle a essayé de l'ouvrir, mais elle était fermée à clef. Ça l'a un peu déroutée. Finalement, elle s'est rappelé qu'elle avait caché ses clefs au fond de son cabas. En entrant, elle n'a pas remarqué que ça ne sentait plus la pisse de chat, ni que le sol avait été lavé. Elle est allée directement caresser ses deux vieilles bêtes, qui lui ont fait la fête un moment. Et puis, elle a proposé à Samy...

— Une p'tite lichette de ratafia, ça vous dit?

Il ne connaissait pas, il s'est méfié et a refusé. Elle a insisté. En a servi deux petits verres à liqueur, lui en a mis un dans la main après s'être envoyé l'autre cul sec.

— Ah, j'suis requinquée maintenant. C'est le voyage qui m'a un peu barbouillé l'estomac. Mais asseyez-vous donc. Restez pas là planté comme un piquet. Voulez-vous une p'tite madeleine avec vot'liqueur? Ça se marie bien. Ce sont celles de l'hôpital. Elles sont pas mauvaises. J'en ai fait provision, je vais vous montrer.

Elle a ouvert son cabas. Il en était plein. Elle l'a regardé, malicieuse. Et Samy a souri.

— C'est Maïté qui m'en a donné tous les jours double ration. Plus celles que j'ai barbotées sur les plateaux. Ils remarquaient même pas, les vieux là-bas, tellement qu'ils sont gâteux.

— Bon. Eh bien, merci pour le verre de...

— Vous en voulez pas un autre?

— Non, merci. Il faut vraiment que j'y aille.

— Ah, mais c'est vrai ça. J'l'avions oublié, l'autre. Il doit en avoir marre d'attendre. Il va finir par râler.

— Ça m'étonnerait. Mais je vais quand même me dépêcher de le ramener. Allez, au revoir, madame Madeleine.

— C'est ça oui, au revoir, jeune homme.

Samy au volant de son fourgon a fait une dernière fois au revoir du bras à Madeleine sur son perron, et a filé dare-dare. Il était déjà tard et il devait encore ramener « l'autre ». Pas chez lui, celui-là. Mais dans un tiroir du frigo des Pompes funèbres. Et malgré l'heure tardive et la manutention un peu brutale – il faut bien l'admettre –, il n'a pas râlé.

En tout cas, Samy n'a rien entendu du tout.

## 30

## Du boulot


Lola a trouvé du boulot pour Joss. Une vieille à qui elle fait sa mise en plis tous les vendredis et une permanente tous les deux mois. Elle est tombée dans les escaliers et c'est le col du fémur qui a morflé. Elle cherche quelqu'un le matin pour s'occuper de ses courses, de son ménage, et lui faire à manger. Mais elle ne veut pas n'importe qui. C'est plutôt bien payé. Elle est à l'aise, la mémé. Elle touche sa retraite d'enseignante plus celle de son mari, ancien officier dans l'armée. Ça va, elle n'est pas trop chiante. Enfin, si, un peu. Mais rien, comparé à d'autres... OK. Joss est partante. Elle va aller la rencontrer. Si ça colle, elle peut commencer tout de suite. La fille d'avant est partie hier. La vieille l'a pécho en train de voler ses couverts en argent... Des couverts en argent? Quelle tarée, celle-là! Ça donne un goût à tout ce qu'on mange. Et puis en plus, quand l'argent s'use, le cuivre en dessous apparaît, et c'est pas bon du tout pour la santé. Enfin, c'est ce qu'on m'a dit...

La dame voulait la tester. Elle lui a fait faire un peu de ménage. Par chance, il n'y avait presque pas de vaisselle sale, et ça s'est bien passé. Après ça, du jardinage : désherber les plates-bandes, tailler les rosiers. Les doigts dans le nez. Et puis, de la cuisine. Elle a préparé un poulet aux herbes et des pommes de terre sautées. Sa spécialité. Pour finir, elle lui a demandé de lire quelques pages d'un livre, à haute voix. Elle ne s'en est pas trop mal tirée. Alors la dame a dit : « Merci, mademoiselle. Vous pouvez revenir demain. » Elle a failli l'embrasser.

Pour fêter ça, Joss est allée boire une bière au café avec Lola. Il y avait des copains, ils ont trinqué et joué au billard jusqu'à tard. Juste avant la fermeture, Samy est arrivé, s'est assis au bar. Ils ont été aussi surpris l'un que l'autre de se retrouver là. Joss lui a tourné le dos, pour ne pas avoir à croiser son regard. Mais les yeux de Lola, eux, se sont mis à papillonner. Trop beau gosse, le mec. Et bien sapé, avec ça. Tout à fait son genre.

Joss est rentrée chez elle, un peu énervée.

Et Lola s'est posée sur sa proie.

Mais il y avait du boulot. Parce que après toutes ces années passées à attendre derrière les barreaux, la tendance, à la sortie, est plutôt de vouloir éviter les conneries. Et là, le Samy, il avait décidé d'y aller tranquillo. Surtout après l'histoire avec Joss. Ça l'avait sacrément refroidi. Alors évidemment, il avait très envie de tirer un coup. Mais avec la meilleure copine de Joss, ça le faisait quand même un peu chier. Elle s'est assise à côté de lui. Ils ont échangé quelques mots. Elle a beaucoup souri et joué avec ses cheveux en remuant sur son tabouret. C'était agréable à regarder et léger à l'oreille. Elle n'avait pas inventé l'eau chaude. Ni le fil à couper le beurre. Ni rien d'autre, d'ailleurs. Mais il y en a qui s'en étaient chargés avant elle. Alors il s'est dit : quelle importance... Ce qu'elle avait d'intéressant, c'était son cul. Et ça, ça n'était pas donné à tout le monde d'en avoir un si beau. Un gros atout, elle avait là, Lola. D'où son penchant à le mettre en avant naturellement. La fatigue de la journée, une libido de plus en plus difficile à ignorer et quelques bières plus tard, il a commencé à se laisser aller. Pour finir par s'abandonner. Sans restriction.

Et il n'a pas eu à le regretter, ce coup-là. Lola a tout pris en main. Et elle a fait preuve de beaucoup d'imagination...

# 31

## Qui qu'c'est ?

De retour du collège, Tom est entré en courant dans le mobil-home, a posé son sac, laissé un mot sur la table pour le cas où Joss rentrerait tôt, a rempli les sacoches de son vélo d'un tas de bouteilles en plastique vides, a attaché le cageot avec les plants de concombres et de courgettes sur le porte-bagages et a pris la route à fond les ballons. Il fallait qu'il se dépêche d'aller chez Madeleine, nourrir Balourd et Le Mité. Les pauvres, toute la journée enfermés, c'était pas rigolo. Pour leurs besoins, surtout, c'était beaucoup trop long. Il leur avait bien mis une caisse avec du papier déchiré dedans, mais ils faisaient souvent à côté, parce qu'ils n'étaient pas habitués. Chiant de devoir nettoyer tous les jours.

Avant d'arriver, il a remarqué qu'une voiture était passée. Il y avait des traces de roues fraîches dans la boue du chemin. Il est descendu de vélo pour finir à pied. De loin il a vu que la porte de la maison était entrouverte. Ça ne l'a pas rassuré. Il s'est approché discrètement de la fenêtre pour voir à l'intérieur. Madeleine était de retour et regardait la télé, Le Mité sur les genoux et Balourd couché à ses pieds. Ça l'a soulagé. Il a frappé aux carreaux. Elle a levé la tête, froncé les yeux pour mieux voir.

— Quiqu'c'est?

— Moi, Tom.

Il est entré. Le chien et le chat ont juste ouvert un œil, mais n'ont pas bougé d'un centimètre d'où ils étaient installés. Leur maîtresse était là, ils n'avaient plus besoin de lui. C'est un peu ce qu'ils étaient en train de lui dire. Et ça l'a drôlement vexé. D'un geste, Madeleine l'a invité à s'asseoir à côté d'elle. Elle a poussé devant lui une madeleine sous cellophane. Et elle a continué à regarder son feuilleton. Quand l'épisode a été terminé, elle s'est tournée vers lui.

— Comment ça va, mon p'tit?

— Ben, ça va...

— Tu vois, ils m'ont ramené qu'aujourd'hui. Ils sont pas très bien organisés dans cet hôpital.

— Vos jambes sont guéries ?

— J'crois bien. En tout cas, c'est ce qu'ils ont dit.

Elle s'est gratté la tête, l'air de réfléchir.

— J'y pense, d'un coup. C'est bien toi qu'es venu donner à manger à mes bêtes quand j'étais là-bas ?

Tom s'est raidi.

— Ben oui. Tous les jours. Depuis neuf jours.

— C'est bien c'que j'pensais. Mais j'en étais pas complètement sûre non plus. C'est ma mémoire qui me joue des tours. Peut-être bien que ça vient des nouveaux remèdes qu'ils m'ont donnés. Des cachets en veux-tu, en voilà... Ça me tape sur le ciboulot... Donc, c'est bien toi, le p'tit homme qu'est venu s'occuper d'mes bêtes... Ah ben, oui, oui... c'est bien toi... c'est c'que j'me disais, dans le fond...

Tout ça, en hochant la tête.

Un long silence a suivi. Un peu trop long pour Tom. En attendant qu'elle le rompe, il s'est penché pour caresser la tête de Balourd. Le vieux chien s'est mis à grogner et à montrer les dents. Il a vite retiré sa main, s'est retenu de pleurer. Et puis il a regardé vers Madeleine. Elle avait l'air absent, comme si elle s'était endormie les yeux grands ouverts. Tom s'est levé doucement, est sorti sur la pointe des pieds. Il a enfourché son vélo, et puis... il s'est ravisé. Il était aussi venu pour jardiner. Alors, il a détaché le cageot avec les plants, sorti les bouteilles en plastique des sacoches du vélo et est entré dans le potager. Il a coupé les fonds des bouteilles, les a enfoncés tête en bas près de chaque pied de tomates, les a remplis d'eau, comme il avait vu chez son voisin anglais. Et puis il a planté le reste. Quand il a eu fini, il est retourné vers la maison. Madeleine entre-temps s'était levée et versait des croquettes dans les gamelles des animaux. Tom a frappé à la porte.

— Où qu't'étais passé, toi? J'me suis inquiétée.

— Au jardin.

— Ah bon. J'irai y faire un tour demain, tiens. Tu m'accompagneras. J'ai encore un peu de mal à marcher. J'sais pas c'que j'ai, mais j'me sens fatiguée. J'vais aller m'coucher.

Tom a trouvé ça bizarre. Il était encore tôt.

Et puis elle a ricané.

— J'ai pris des habitudes de p'tit vieux, hein. C'est bien ça qu'tu penses ? Mais demain, fini. Plus d'cachets, plus d'potions. À quoi ça rime ? C'est vrai ça. J'ai tenu jusque-là sans toutes ces cochoncetés, j'continuerai bien sans. Pour le temps qui m'reste, c'est pas la peine de s'embêter.

— À demain, madame Madeleine.

— Oui, c'est ça, petit. À d'main.

Et Tom est reparti.

Le cœur un peu serré, rapport à Balourd et au Mité. Des vrais saligauds, ces bêtes-là... Aucun sentiment, zéro reconnaissance. S'il avait su avant qu'ils étaient comme ça, il ne se serait pas occupé d'eux autant. Il serait venu un jour sur deux.

Un peu moins, en tout cas. Certainement.

# 32

## Se lever tôt

À côté du réveil, il y a un mot. *Réveille-moi tôt. J'ai trouvé du boulot.* (Sans aucune faute. C'est pas possible, elle a dû copier...) Il fait la grimace. Réveiller Joss, c'est vraiment une corvée. Elle est particulièrement de mauvaise humeur, le matin. Tous les jours, il fait en sorte de l'éviter. Il est très organisé. Ses vêtements au pied du lit, prêts à être enfilés, ses chaussures à côté de la porte, et son sac de cours déjà attaché au vélo, dehors sous l'abri, au cas où il pleuve. Mais là, galère. Il réfléchit, debout, en chaussettes et tee-shirt, au milieu du mobil-home. Et il décide de commencer par lui préparer un café. Le temps qu'il passe, ce sera déjà ça de gagné. Avant de le lui apporter, il allume la radio. Cherche une station où il y a de la musique. Joss est fan de chansons de variété. Il en trouve une justement qu'elle aime bien. Monte le volume au fur et à mesure qu'il approche de son lit, pose le poste à côté de sa tête et s'éloigne d'un bond. Un petit grogne-ment. Il apporte la tasse de café, monte un peu plus le volume de la radio et attend de voir l'effet que ça fait. Un autre grogne-ment. Mais celui-ci plus précis. *Fais chier, merde.* Il regarde l'heure, enfile sa veste, mord dans un morceau de pain, ouvre la porte, prend une inspiration...

— IL EST L'HEURE DE PARTIR AU TRAVAIL!

Joss se redresse d'un coup, regarde autour d'elle, l'air ahuri, les cheveux ébouriffés.

— Tu pouvais pas me réveiller plus tôt! J'vais être en retard!

— Le café est prêt. J'y vais, m'man, je veux pas rater le car.

— Si j'te chope, toi...

Il referme la porte très vite. Court vers son vélo. Mais la tête de Joss apparaît dans l'entrebâillement de la porte.

— Je croyais qu'il était plus tard que ça. Attends-moi, je vais t'accompagner.

— Non, non, c'est pas la peine.

— Attends-moi, j'te dis. J'en ai pour deux minutes à me préparer.

Tom soupire.

Dix minutes plus tard, Joss sort enfin. Elle démarre la mob, avec difficulté.

— Il va falloir nettoyer le carburateur. On fera ça ensemble ce soir. Si tu veux devenir mécanicien plus tard, ce sera l'occasion d'apprendre.

Tom grogne... *C'est même pas ce que je veux faire, de toute façon...* et il s'accroche à son pull. Elle accélère trop rapidement, comme d'habitude. Et Tom a la trouille de tomber. Il lâche. Elle se marre, ralentit jusqu'à sa hauteur, il se raccroche. Reste très concentré.

— C'est chouette que j'aie trouvé du boulot, hein?

— Mmm.

— On va pouvoir bouffer autre chose que des légumes.

— Mmm.

— T'es pas content? T'auras plus besoin d'aller piquer dans les jardins. C'est pas mal, non?

— Oui, oui...

— Tu pourrais le dire, alors!

— Ben oui, je le dis...

— Ah, tu m'énerves ! Je ne sais pas ce qui me retient de te laisser là.

— Oh non, m'man... j'vais être en retard...

— Ce serait bien fait pour toi, tiens.

Ils arrivent juste au moment où le car repart de l'arrêt. Mais le chauffeur est sympa. Il s'arrête, attend même que Tom ait attaché son vélo, avant de redémarrer. Tom soupire. Il a eu chaud.

Et il se dit que c'est bien que Joss ait trouvé du boulot. Mais que de devoir la réveiller tous les jours, pour lui, ce ne sera pas une sinécure. C'est un mot qu'il a eu dans une dictée, l'autre jour. La prof leur a demandé de chercher dans le dictionnaire. Ça veut dire : quelque chose qui n'est pas de tout repos... Pile-poil le mot qu'il faut.

## 33

## Orties

En rentrant, Tom a trouvé Joss en train de faire ses devoirs. Elle a à peine levé le nez de ses cahiers quand il est arrivé. Il a un peu hésité avant de repartir.

— Je vais faire un tour...

— Mmm.

Ce qui voulait dire : *C'est ça, casse-toi. Tu vois bien que je travaille.* C'est la première fois qu'il la voyait aussi concentrée. Il avait dû se passer quelque chose à son boulot. Quelqu'un l'avait peut-être vexée en faisant une remarque sur ses fautes d'orthographe. Ça lui était déjà arrivé. Mais ça ne l'avait pas motivée à ce point-là, ni très longtemps. En attendant, Tom a enfourché son vélo et a filé vite fait. Avant qu'elle ne change d'avis. Ou qu'elle se rappelle la séance de mécanique qu'elle avait prévu de faire aujourd'hui avec lui.

Madeleine l'attendait. Elle avait très envie de parler. Beaucoup de choses à raconter. D'abord, qu'elle avait dormi comme une reine. Qu'elle se sentait bien reposée. Très contente d'avoir retrouvé sa maison toute propre, qui sentait bon, ses bêtes et son lit. Même si, c'est vrai, son matelas avait peut-être besoin d'être changé. Avec ses creux et ses bosses qui tombaient pile au milieu des reins. Mais tout de même, elle l'aimait bien. Elle a calculé que ça faisait plus de trente-cinq ans qu'elle dormait dessus.

— Du solide. De l'increvable. Un peu comme moi, hein.

Elle a ri en le disant.

Tom l'a aidée à marcher jusqu'au jardin. Ça a pris long. Elle devait s'arrêter tous les trois pas pour souffler. Elle était guérie, mais... peut-être pas complètement, il s'est dit. Il lui a installé une chaise près des plantations. Quand elle a récupéré, elle a regardé tout le travail qu'il avait fait, et elle a trouvé ça bien. Avec sa canne, elle lui a montré à quel endroit il fallait pincer les tiges. Où étaient les gourmands. Quelles mauvaises herbes il fallait arracher, et quelles autres il devait garder pour la cuisine. Le pissenlit pour les

178

salades, évidemment. Mais le plantain, le mouron blanc et le trèfle, surtout, qu'elle aimait bien faire en purée ou en gratin. Elle a trouvé que les bouteilles plantées aux pieds, ça avait l'air très pratique pour arroser. Qu'on devait gâcher moins d'eau. Et puis que c'était drôle, mais les gens maintenant, ils avaient plus d'idées que dans le temps... Son regard s'est un peu voilé. Et brutalement, elle s'est endormie. Le menton posé sur le pommeau de sa canne. Tom est allé se chercher une BD. Il a pu en lire la moitié.

Et tout aussi brutalement, elle a rouvert les yeux et a repris la discussion où elle l'avait laissée.

— Le purin d'ortie? En as-tu préparé?

— Ah non...

— Il en faut. Surtout pour les tomates. Ça les fait bien pousser et ça empêche les maladies. Va chercher les gants, petit.

Il a cueilli des orties. En a apporté quelques-unes à Madeleine, qui les a prises à mains nues. Elle a coupé les feuilles les plus tendres, les a mises de côté pour faire une soupe, et avec celles qui restaient, elle s'est frotté les jambes.

— C'est bon pour la circulation.

Tom l'a regardée faire, les yeux ronds. Elle n'a même pas fait la grimace, ni soufflé sur ses doigts. Ça l'a drôlement épaté.

N'empêche que ça a dû lui faire du bien, parce qu'elle a mieux marché pour retourner à la maison. Ça a pris deux fois moins long.

En chemin, elle lui a raconté que, de son temps, les parents corrigeaient souvent les enfants en fouettant leurs mollets avec des orties. Après, on aurait dit qu'ils avaient la danse de Saint-Guy, les pauvres petits ! Il a trouvé que c'était très méchant. Et il s'est dit que, même si Joss avait des fois la main leste, jamais elle ne lui ferait un coup pareil.

Madeleine lui a proposé de manger un morceau avec elle. Pour le dîner elle avait prévu de faire tremper des madeleines dans du lait. Il a préféré décliner l'invitation.

# 34

## Rustines

Près de l'arrêt du car scolaire, Tom regarde son vélo, l'air très embêté. Au même moment, Samy passe au volant de son corbillard. Il freine brutalement, klaxonne trois fois.

— Salut, Tom. Où t'étais passé ? Ça fait trois jours que j'te cherche. J'ai quelque chose à te donner.

Il sort de sa poche un billet plié en quatre, le lui tend.

— Qu'est-ce que c'est ?

— Un bifton, du fric, quoi. Tiens... prends-le, c'est pour toi.

— Pour moi ?

— Oui, j'te dis. C'est les gens au cimetière, l'autre jour. Après l'enterrement, ils m'ont filé des pourboires. Ça arrive, des fois. Mais là, il y a une dame qui m'a donné ce billet exprès pour toi. Elle t'a trouvé très mignon. Elle voulait que j'aille t'acheter un cadeau, mais je me suis dit que ce serait mieux que tu choisisses toi-même.

Tom est gêné. Il hésite. Samy insiste.

— Tu sais ce que tu vas t'acheter ?

— Non...

— Tu veux que je t'emmène au magasin ?

— Non, non. C'est pas la peine.

Finalement, Samy l'emmène, parce que le pneu de son vélo est à plat et qu'il n'a plus de rustines pour réparer, de toute façon. Il s'arrête devant le magasin de vélos où il achète ses rustines, puis le dépose devant le supermarché. Tom ressort dix minutes plus tard avec son sac plein. Samy aimerait bien savoir ce qu'il y a dedans, mais se retient de demander.

— Merci, m'sieur.

— De rien. Mais moi, c'est Samy.

— Ben oui, je sais... Mais c'est dur de vous appeler comme ça.

— Pourquoi ?

— Ben... vous êtes quand même un peu vieux, alors...

Samy prend l'air consterné.

— Non, pas vieux comme des vrais vieux, évidemment. Mais quand même, un peu...

— Un âge de parents, quoi.

— Oui, c'est ça.

— Ah, au fait... je ne t'ai pas demandé l'autre jour, il est où ton père ?

— Je crois qu'il est mort.

— Tu crois ?

— Oui. C'est Joss qui l'a dit.


Samy cherche le trou dans la chambre à air. La plonge dans l'eau. Trouve. Des petites bulles remontent à la surface. Tom sort sa râpe et son tube de colle. Les rustines, c'est sa spécialité. La chambre à air est là pour l'attester. Elle en est recouverte.

Et maintenant, ils regardent l'eau de la rivière couler sous leurs pieds. Caresser en passant les pierres des berges et celle sur laquelle ils sont assis. Ça fait longtemps qu'ils n'ont pas parlé. Ils écoutent les cailloux au fond du lit de la rivière, qui s'entrechoquent dans le courant, Tintinnabulent. Tintinnabulent doucement... Tin... tin... na... bulent...

Et puis, Samy refait surface.

— Mes parents aussi, ils sont morts.

Tom le regarde par en dessous, pour voir son expression.

— La dernière année où j'étais en prison. J'ai eu le droit de sortir juste pour aller à leur enterrement. C'est le dernier cadeau qu'ils m'aient fait.

— Ils ne vous aimaient pas?

— Tu ne voudrais pas me dire « tu »? Ce serait plus sympa.

— D'accord. Je vais essayer.

— Je les ai trop déçus. Avant ça allait à peu près. Mais du jour où je suis tombé, ça a été fini. Ils ne sont jamais venus me voir en prison.

— Ça t'a rendu triste?

— Au début, oui. Et puis, je me suis habitué.

— T'as fait quoi pour aller en prison?

— Vol à main armée. Et... récidive. Mais il n'y avait pas de balles dans l'arme. Je les ai toujours retirées.

— Ah. Moi aussi.

— Comment ça, toi aussi?

— Les balles dans le fusil, je les...

Le portable de Samy se met à sonner. Il voit le nom s'afficher.

— Allô... Ouais, ça va, et toi?... Ouais, d'accord... Non, chez toi. J'ai pas encore acheté de matelas... OK, on se retrouve au café... Non, arrête. J'suis au boulot, je peux pas te parler. À tout à l'heure, Lola.

Il raccroche, l'air gêné. Et puis il pose son menton sur ses genoux repliés. Regarde l'eau couler. Se laisse hypnotiser encore un peu, avant de se lever pour partir. Encore un tout petit peu... C'est si bon de regarder l'eau de la rivière passer. Ça lave la tête. Caresse le cerveau...

Tom se relève le premier.

— Il faut que j'y aille.

— Moi aussi.

— Salut, Samy.

— Salut, Tom. Ça me fait du bien de te parler. T'es vraiment un gentil petit bonhomme. Et puis tu sais drôlement écouter. C'est un don, ça. On sait pas, ça peut être un métier...

Tom a filé chez Madeleine, lui a rempli son frigo avec tout ce qu'il avait acheté au supermarché. De la viande, des œufs, de la crème et du beurre. Et puis il est rentré chez lui. Joss était en train de ranger ses cahiers. Elle avait l'air d'être contente de sa journée. Il est passé derrière elle, lui a demandé de fermer les yeux. Elle a bien voulu jouer. Il lui a passé quelque chose sous le nez. Devine, c'est quoi... Mmm, ça sent bon... Ouvre la bouche... Mmm, du chocolat... Oui, mais pas que... Ah oui, c'est mou au milieu... Oh! De la framboise! Du chocolat à la framboise... T'as raison, dis donc. C'est hyperbon ce truc-là...

Après une demi-douzaine de petits carrés, Joss s'est sentie un peu écœurée.

— Mouais. Mais faut vraiment pas en abuser. Aïe, attends. Ça y est, je crois que je vais dégobiller. Laisse-moi passer. Vite!

Mais elle a dit ça pour blaguer. Elle lui a couru après, l'a attrapé et ils ont roulé dans l'herbe en criant et en riant. Drôlement marrant.

Elle est bien lunée en ce moment, Joss. Tom est content.

# 35

## Glaces italiennes

Ça n'a duré que trois jours. Parce qu'elle a reçu des factures à payer, et qu'après ça, elle n'avait plus du tout envie de rigoler. Son boulot à mi-temps, ça n'était évidemment pas assez pour pouvoir mettre du fric de côté et payer l'eau, l'électricité, le loyer du mobil-home, et tout le reste. Pendant les jours qui ont suivi, Tom s'est débrouillé pour rentrer quand elle n'était pas là, et ressortir avant qu'elle n'arrive. Mais ça n'a pas marché à chaque fois. Et il l'a senti passer. Surtout le jour où elle lui a demandé à voir son carnet de correspondance. La grosse cata. *Troisième trimestre médiocre. Tom vit sur une autre planète. Il serait temps qu'il atterrisse. Enfant intelligent, mais trop rêveur... Passage de justesse, grâce à ses bons résultats des deux premiers trimestres.*

*Mais il va falloir qu'il travaille pendant les vacances pour combler ses lacunes...* Et puis... *Absence non justifiée au stade, vendredi dernier...*? C'est ce qui a vraiment tout déclenché. Elle a voulu savoir pourquoi il avait séché, où il était allé, avec qui. Tom ne voulait pas parler de Madeleine, ni de sa visite à l'hôpital, alors il a un peu pédalé, mais il a fini par trouver. Tout d'une seule traite. C'était son prof de sport qui lui demandait chaque fois s'il avait mangé avant de venir au cours parce qu'il disait qu'il était trop pâlot que c'était pas normal et qu'il avait peur qu'il tombe dans les pommes alors comme il se sentait un peu mal ce jour-là il avait préféré ne pas y aller pour pas avoir à expliquer qu'il n'y avait rien à manger à la maison ni assez pour payer la cantine. Voilà... Joss s'est renfrognée. Il n'y avait rien à dire sur ce sujet. Mais elle en a cherché un autre. Et elle a trouvé. C'était facile. Avec ses notes exécrables. Elle lui a fait passer un mauvais quart d'heure. Et il est parti pleurer au bord de la rivière, assis sur sa grosse pierre. Il est resté jusqu'à ce qu'il soit plus calme et qu'il finisse par regarder l'eau couler à ses pieds, glisser le long des pierres, remuer les cailloux au

fond de son lit, s'entrechoquer et tintinnabuler... tintinnabuler doucement...

Et puis ça a été fini. Il a arrêté de
pleurer.

Joss a trouvé un autre boulot, à mi-
temps. Après les matinées chez la vieille
instit, elle va passer six après-midi par
semaine dans une serre, à cueillir des
fleurs et à faire des bouquets. Elle n'a pas
vraiment le droit, mais elle a décidé de
faire venir Tom deux fois par semaine,
pour l'aider. Elle est payée au nombre de
bouquets, alors à deux, c'est rentable. Ils
ont commencé ce samedi, et ça s'est bien
passé. Le patron a fait celui qui ne voyait
rien, parce qu'il a Joss à la bonne. En gros,
il aimerait bien se la taper. Avant de partir,
Tom a ramassé les fleurs qui étaient tombées par terre. Le patron lui a dit qu'il
pouvait. Elles avaient les tiges un peu abî-
mées, mais il a réussi à en faire des petits
bouquets. Il en a apporté un à Madeleine.
Ça lui a fait plaisir. Et elle lui a donné
l'idée d'en faire d'autres et d'aller les
vendre au marché, le dimanche matin. Il
a demandé à Joss s'il pouvait, et elle a
accepté. Elle a trouvé ça bien, évidemment, qu'il se débrouille tout seul pour
gagner son argent.

Les affaires ont bien marché. Ses meilleurs clients ont été son voisin anglais et sa femme Odette. Ils lui en ont pris quatre d'un coup. Il va pouvoir se payer une nouvelle chambre à air pour son vélo.

Midi et demi. Fin de marché.

Samy passe devant Tom, sans le voir. Un peu plus loin, il s'arrête, tourne la tête et fait demi-tour.

— Mais qu'est-ce que tu fais là, toi ?

— Tu vois. Je vends des fleurs.

Il lui achète ses deux derniers bouquets et l'invite à boire un pot. C'est la première fois que Tom entre dans ce café. Ils s'asseyent au bar. Lola les rejoint un peu après. Elle lui demande des nouvelles de Joss. Ça fait longtemps qu'elle ne l'a pas croisée. Tom est inquiet. Il a peur qu'elle gaffe et qu'elle dise devant Samy que Joss est sa mère. Il boit son diabolo avec une paille et évite de la regarder. Elle lui passe la main dans les cheveux, l'ébouriffe en se marrant. Elle fait ça à chaque fois. Ça l'exaspère. Lui qui doit passer du temps devant le miroir tous les matins pour essayer de mater ses épis... C'est pas sympa de lui faire ce coup-là. Il fait la gueule et se recoiffe discrètement. Elle est pressée. Elle doit aller déjeuner chez ses parents. Samy lui donne les deux bouquets qu'il a achetés à Tom. Elle l'embrasse et s'en va.

— T'as faim?

— Un peu.

— Allez, je t'invite au restaurant.

Ils s'installent à une table. Commandent des pizzas. Au mur, il y a une photo géante. Tom regarde, les yeux écarquillés...

— C'est la *piazza* San Marco.

— Ah bon? Tu connais?

— Oui. J'ai la même photo dans mon livre de géographie. J'aimerais bien aller à Venise, un jour. Je sais déjà dire des trucs en italien. *Grazie mille, Per favore, Molto bene, Buon giorno, La vita è bella.* Ça c'est le titre d'un film. Ça veut dire : « La vie est belle. » Tu l'as vu?

— Non.

— Moi si. Dans le jardin de mes voisins. L'histoire, c'est un papa et son petit garçon qui sont prisonniers – parce que c'est pendant la guerre –, et le papa, il fait croire à son petit garçon que c'est un jeu qu'ils font, et qu'il faut qu'ils aient le plus de points possible pour gagner et devenir les champions. Quand ils ne mangent pas, ils gagnent plein de points, et plus c'est dur à supporter, plus ils en gagnent, tu comprends ? Mais le petit garçon, des fois, il en a marre, et le papa lui dit qu'il leur manque juste quelques points pour gagner, alors il tient le coup. Et juste quand la guerre est finie et qu'ils vont être libérés, il y a un soldat nazi qui emmène le papa dans un coin et le tue.

— La vache, c'est triste...

— Ouais. Ça m'a fait pleurer... Sinon, j'aimerais bien aller en Italie, parce qu'il paraît qu'ils sont spécialistes des glaces. Et moi, j'adore ça, les glaces.

— Ah tiens, moi aussi.

Ils mangent leurs pizzas. Commandent des glaces en dessert. Le patron passe à côté d'eux, très fier, son gros ventre en avant... Elles sont bonnes mes glaces, hein ?... Samy et Tom se regardent l'œil rieur, et l'air de dire... *Oui, mais sûrement pas aussi bonnes que là-bas, quand même...*

Samy dépose Tom pas très loin de chez lui, pour le cas où Joss serait dans les parages. Il préfère ne pas la croiser. Il n'a toujours pas trouvé comment s'excuser. Mais il cherche encore. Et puis, c'est sûr, elle n'aimerait pas apprendre qu'il est copain avec Tom. En plus, maintenant, l'histoire avec Lola... Ça devient très compliqué. Mais il va trouver. Il le sent. Ça ne va pas tarder.

## 36

## C'est du Bach

Il pousse un profond soupir, se cale au fond de son grand fauteuil en cuir. Devant lui, sur l'écran de l'ordinateur, les photos qu'il vient de prendre défilent. De face, de profil, le gauche, le droit, en gros plan, en pied, etc... Il est perplexe.

— C'est dommage, ils sont parfaits...

— Ça veut dire que... vous refusez?

— Non, évidemment. Mais mettez-vous à ma place. C'est un peu une souffrance. Mon travail c'est plutôt... l'ampleur, l'exaltation, la sublimation, vous comprenez?

— Non, pas très bien.

Ses sourcils se lèvent nerveusement. C'est un tic, chez lui. Qui se déclenche en général quand il désapprouve fortement.

— Mais moi non plus, je ne comprends pas très bien. Vous avez ce que désirent, et ce sur quoi fantasment la plupart des hommes – moi inclus, je ne vous le cache pas – et vous voulez vous en débarrasser. C'est déconcertant, voilà tout.

— Alors, qu'est-ce qu'on fait?

— Voyez avec ma secrétaire, et choisissez avec elle la date qui vous conviendra le mieux. Je ne sais pas quoi dire d'autre.

Joss se lève, prend son sac, lui tend la main pour dire au revoir. C'est plus fort que lui, il rajoute :

— Réfléchissez bien, quand même.

— C'est tout réfléchi.

Elle ouvre la porte du cabinet, se retourne et lui sourit gentiment.

— Je suis sûre que vous allez y arriver. Ne vous inquiétez pas.

Il est vexé. Son tic le reprend.

La secrétaire a fixé avec elle la date de l'opération. Mais avant, elle lui a pris un rendez-vous avec l'anesthésiste. Comme il passait justement à ce moment-là à la clinique, il a proposé de la recevoir dans la foulée. Elle a accepté, c'était plus pratique. Elle n'aurait pas à revenir. Ils sont entrés dans son bureau. Il a mis de la musique... *C'est du Bach, vous aimez?*... Elle a dit oui, sans connaître. Pour pas avoir l'air trop con. Il lui a posé des tas de questions sur sa santé. Et puis aussi sur les raisons de cette opération. *Vous n'êtes pas obligée de répondre, évidemment. Mais j'aime créer des liens avec mes patients, vous comprenez...* Sa voix était douce. Son regard apaisant. La musique très belle. Elle s'est laissé aller. Sans cette sale impression d'être constamment jugée. Et elle commencé à lui raconter. Quand elle avait dix ans. Et qu'elle les a vus pousser, pousser... En très peu de temps. Et juste après, elle a perdu du sang. Et ça l'a épouvantée. Elle en a parlé à sa mère, mais elle s'est mise à rigoler. Elle buvait beaucoup, et elle avait les dents toutes gâtées. Ça lui donnait l'air méchant. Un peu comme une sorcière, vous voyez... Et puis, avec le beau-père, les choses ont changé. Il s'est mis à la regarder bizarrement. À vouloir la toucher. À l'envoyer à la cave et à la coincer dans l'escalier. À se frotter contre elle. Sans jamais la pénétrer ! Mais tout le reste, quand même... Pas la peine de vous faire un dessin. À onze ans, elle s'est enfuie. Mais les gendarmes l'ont rattrapée. Et ils l'ont ramenée chez elle, sans poser de questions. Pas longtemps après, sa mère est morte d'une cirrhose, évidemment. Et elle a été placée en famille d'accueil. Au début c'était bien, la dame était sympa. Mais le mari, même topo que le beau-père. Il n'avait d'yeux que pour ses seins... Éclat de rire... Dieu que pour ses saints... C'est bête, mais ça me fait toujours marrer, excusez-moi... Bon. Elle est retournée en foyer. Et à treize ans, elle a fugué. Là, elle a rencontré un garçon de quelques années plus vieux qu'elle. Elle l'a trouvé gentil. Et puis surtout il avait une voiture. Elle s'est dit qu'il pourrait l'emmener loin. À des milliers de kilomètres de là. Mais non. Il avait flashé sur la même chose que les autres, c'est tout. Elle l'a compris trop tard. C'était sa première vraie fois. Et elle est tombée enceinte. Crac! Au premier coup. Après, c'est un peu toujours pareil. Ça ne vaut pas la peine de raconter... Voilà. Mais peut-être qu'après l'opération, le jour où quelqu'un l'aimera, ce ne sera que pour elle, hein?... En tout cas, ça vaut le coup d'essayer.

Elle a passé sa main sur son visage et sur ses cheveux, comme pour chasser des souvenirs ou des images qui y seraient restés accrochés. Et elle a ajouté :

— Elle est belle, cette musique de bac. Ça m'a bien plu.

Il lui a offert le CD et l'a raccompagnée à la porte du cabinet. Il lui a serré la main et l'a regardée droit dans les yeux.

— À bientôt, mademoiselle.

# 37

## Dan, mon petit

Tom installe Madeleine dans la brouette, la cale avec des coussins. Elle a du mal à marcher. Ça la fatigue trop. Là, il peut la promener facilement. Et elle peut surveiller tout ce qu'il fait, lui dire comment jardiner. Entre deux microsiestes, elle pointe avec sa canne... *Limace à tribord... Marche pas là, pauv'malheureux ! Tu vas m'écraser le persil qu'essaye de lever... Là, y a un gourmand...* Il sait maintenant que les gourmands sur les plants de tomates, il peut les tremper dans de l'hormone de bouturage et les planter pour faire partir de nouveaux pieds. Avec ce truc, ils en ont déjà trois fois plus qu'au départ, sans avoir eu à aller en piquer chez les voisins. Ils en ont une quarantaine, en tout. Il y a déjà des petites tomates vertes sur les plus précoces. Tom est très excité. C'est son premier jardin. Il passe beaucoup de temps à tout regarder pousser. Madeleine essaye de le tempérer. On n'est jamais à l'abri d'un orage, ou d'une attaque de mildiou! Mais Tom s'en fout. Pour l'instant, pas d'orage en vue, et le purin d'ortie tient les maladies et les pucerons en respect. Et puis, il préfère rêver. Madeleine, elle, reste pratique. Elle pense déjà aux bocaux. Parce que si tout va bien, il va falloir faire des conserves, pardi. Pour l'hiver. Des sauces, des ratatouilles, du ketchupe... Elle prononce « upe », et ça le fait rigoler.

Tom arrête la brouette devant la porte du vieux poulailler. Elle pointe sa canne vers l'intérieur.

— Regarde au fond... Tout là-bas, dans les cartons.

Il sort des quantités de pots de verre, tous sales, pleins de crottes de souris. Et évidemment, elle lui demande de les laver. Ce n'est pas son activité préférée. Et puis, il trouve qu'il y a largement le temps de le faire. Les tomates ne sont pas encore mûres. Mais Madeleine aime bien commander.

— Quand ce s'ra l'moment, tu m'remercieras. T'auras ça en moins à te coltiner. Crois-moi, p'tit. Elle s'y connaît, la mémé.

Tom lit une BD. Mandrake, le magicien. Aux puissants pouvoirs hypnotiques. Madeleine se réveille de sa sixième sieste de la journée. Elle le regarde, lui caresse la joue.

— Dan...

Tom lève les yeux.

— Tu es content d'avoir retrouvé tes livres, mon chéri ?

Il hoche la tête.

— Pourquoi tu ne viens plus me voir ? Tu m'oublies ?

Comme chaque fois, Tom s'inquiète. Elle a l'air d'être loin, très loin, dans ces moments-là. Et il a peur qu'elle ne revienne pas. Qu'elle ne retrouve plus le chemin.

— Mais si, Madeleine, je viens souvent.

— Pas Madeleine, non... pas toi...

Tom n'ose plus bouger. Elle ferme les yeux très fort, comme si elle souffrait. Mais ça ne dure pas longtemps. Sa respiration redevient régulière. Elle s'endort. Il soupire.

Il rentre dans la maison, regarde autour de lui. Ouvre un tiroir. Il est plein de bouts de ficelle, de bouchons de liège, d'élastiques. Il le referme. Ouvre le tiroir d'à côté, hésite, prend la carte d'identité, la retourne lentement. C'est bien elle sur la photo, malgré toutes ces années. Elle n'a pas beaucoup changé. Il lit ce qu'il y a écrit. Arrivé au prénom, il s'arrête. Il n'y a pas écrit Madeleine. Il referme le tiroir, retourne s'asseoir à côté d'elle, reprend la lecture de la BD là où il l'avait laissée.

Maintenant, il sait. Il se sent plus tranquille. Pour la prochaine fois, quand elle retournera faire un petit tour dans le passé. Au temps où elle ne s'appelait pas encore Madeleine, et qu'elle avait peut-être un fils. Qui lisait des BD.

## 38

## Le fameuse déjeuner

Archibald et Odette doivent préparer le déjeuner. Ils ont invité Raymond, le vieux guérisseur, et sa femme Mine. Ils sont un peu stressés parce qu'ils ne savent ni l'un ni l'autre cuisiner. Odette fait très bien les gâteaux au chocolat, mais pour le reste, elle est encore un peu juste. Après des années de plats surgelés, ce n'est pas évident de passer derrière les fourneaux. En ce qui concerne Archi, ce n'est même pas la peine d'en parler. Ses talents se résument à la préparation de cocktails, de purée de pommes de terre et de carottes râpées. En dehors de ça, il est très démuni. Ils sont donc passés en courant chez le libraire, ce matin. Un monsieur très bien. Qui leur donne de bons conseils, en général. Il leur a chaudement recommandé un livre de recettes, d'un auteur de la région qu'il affectionne particulièrement. Il a eu un petit sourire en coin en en parlant. Maintenant, ils se rappellent... Et ils se disent qu'ils auraient dû se méfier. En tout cas, ils l'ont acheté. Et ce n'est qu'une fois rentrés qu'ils ont découvert l'objet. Et ça les a fait un peu sursauter. De découvrir la photo de l'auteur, d'abord. Puis ses recettes. Qui, somme toute, correspondent bien à sa tête... *Le Grand Livre des recettes sauvages de Marie-Rose.* Sur la photo, Marie-Rose, donc. Une femme très très très corpulente, qui sourit en ne laissant apparaître que deux dents de devant. À l'évidence, les seules qui lui restent. Déjà, ça leur a fait froid dans le dos.

Et puis, les recettes. Hum. Pâté de rat. Civet de renard. Ragoût de vipère aux châtaignes... Oh, écoutez celle-ci, Archi... *Beignets d'écureuils aux noisettes. À réserver pour les dîners d'amoureux. Un peu casse-couilles à préparer...* Odette est choquée.

Il est onze heures du matin. Et les invités arrivent vers midi. Archibald prépare des cocktails. Histoire de réfléchir calmement. C'est efficace. Aussitôt bus, ils rient en feuilletant le livre. S'esclaffent sur les photos. Trouvent tout absolument extraordinaire. Drôle. Exotique. Ah, ces *froggies*, quelle imagination quand il s'agit de manger. Mais le temps passe, et il faut qu'ils trouvent une solution pour le déjeuner. D'un coup, Archi a l'inspiration. Ils vont sortir du congélateur un de leurs fameux plats surgelés qu'ils gardent au cas où, depuis leur arrivée... Ça fait presque un an, tout de même, vous vous rappelez?... Oui, mais c'est encore bonne, Odette. Il ne faut pas vous inquiéter. Trois minutes dans la four micro-ondes, et... Bingo! c'est prêt!... Vous avez raison, nous sommes sauvés.

Ils boivent un deuxième verre pour fêter cette idée. Odette soupire et s'agite sur le canapé.

— Qu'est-ce que vous avez mis dans ce cocktail-ci, Archi?

— De la gingembre.

— Ah oui, ça me fait beaucoup d'effet.

— Il reste vingt-cinq minutes avant que nos invités arrivent, vous savez.

— Bonne idée.

Ils montent dans la chambre à coucher, leur verre à la main.

Vingt minutes plus tard, Archi est fin prêt. Douché, habillé, coiffé. Impeccable.

Il sort le plat du congélateur, découvre que la date de péremption est largement dépassée. Plus le temps de tergiverser. Il appelle Odette au secours. Elle prend l'annuaire, compose le numéro de téléphone du restaurant le plus proche... J'aimerais réserver une table. Nous serons quatre. Dans une heure ? C'est parfait... Archibald, vous n'allez pas me croire. Le chef-cuisinier du restaurant où je viens de réserver... il est australien ! Qu'est-ce qui a bien pu le faire quitter son bush ? L'amour, sûrement. C'est romantique... En tout cas, sa cuisine risque d'être aussi étonnante que dans le *Grand Livre des recettes sauvages de Marie-Rose*, vous ne croyez pas ? Kangourou, autruche et compagnie, à mon avis.

Effectivement, ce repas a été une aventure. Dans vingt ans, a priori, ils en parleront encore. Avec des étoiles dans les yeux. Du moment formidable qu'ils ont passé. Avec des gens délicieux. Et où ils ont mangé des mets extraordinaires. Ça leur a ouvert de nouveaux horizons. Ils veulent tout essayer. Même des recettes sauvages du livre de Marie-Rose. Histoire de ne pas mourir idiots. La matière première risque de poser quelques problèmes à trouver. Du renard, du rat, du hérisson... Ils penchent pour une recette plus à leur portée. Celle avec des vers.

C'est facile à attraper, et il y en a plein le jardin.

Ils lisent.

*Salade de vers de terre*
*(Très léger, pour les appétits d'oiseau)*
*1. Avec une bêche, creusez des trous dans le jardin. Ne prenez que les vers les plus gros. Ils réduisent beaucoup à la cuisson. Puis faites-les dégorger jusqu'à ce qu'ils aient chié toute leur terre. Une journée et une nuit environ. À moins qu'ils soient constipés!*

*2. Pour la verdure, mettez des feuilles de pissenlits. Un conseil aux vieillards et à tous ceux qui ont des problèmes de chicots (j'en connais un rayon) : émincez fin. C'est meilleur et c'est moins crevant à la mastication.*

*3. Préparez une vinaigrette avec de l'échalote et de l'ail sauvage haché. Du vinaigre, celui que vous avez. Pour l'huile, pareil. (Moi j'aime bien l'huile d'olive. Mais mon Momo, il préfère celle de noix. Quand j'en ai, j'y mets.*

*Mais pas chaque fois. Pasqu'il s'habitue et qu'il réclame, après. Et moi, tintin...)*

*4. Dans l'eau bouillante et salée, balancez les vers vivants, pour les pocher. Dès qu'ils remontent à la surface, égouttez.*

*5. Si vous aimez la gomme à mâcher, vous pouvez arrêter là et les manger tels quels, avec la vinaigrette. Plus le conseil n° 8, évidemment. Sinon, faites comme moi, continuez.*

*6. Dans une poêle, mettez une noisette de beurre. Pour parfumer, vous pouvez ajouter une fleur de capucine ou une fleur de pissenlit (voir la liste des comestibles à la fin du bouquin). Ça fait joli et c'est bon. Mais attention : n'utilisez pas les fleurs de fleuristes. Elles sont intoxiquées à la pollution.*

*7. Jetez les vers pochés dans la poêle chaude. Pour éviter qu'ils attachent, faites un mouvement de va-et-vient avec la queue de la poêle. Dès que les vers commencent à dorer, mettez-les sur la salade, comme des lardons. Poivrez. Versez dessus la vinaigrette. Et dégustez.*

*8. Buvez un grand verre de vin blanc, bien frais.*

Archibald et Odette ont suivi le conseil n° 8 plusieurs fois. Avant, pendant et après l'exécution de la recette. Ils étaient donc bien mûrs quand ils sont arrivés au bout. Ce qui était déjà un succès. Et puis, ils ont goûté et ont trouvé ça formidable. Mais c'était très subjectif. Ils ont décidé de faire ça plus sobrement la prochaine fois. Avant de mettre la salade de vers de terre au menu d'une prochaine invitation.

# 39

## Les madeleines de Commercy

Samy est crevé. Il décide de mettre son clignotant et de prendre la bretelle de sortie vers la station-service. Il gare son corbillard pas loin de l'entrée. Devant le distributeur de café, il cherche une pièce dans ses poches, mais ne trouve qu'un billet. Il va vers la caisse pour faire de la monnaie, et jette un œil en passant aux spécialités qui sont exposées. Le tour de France des régions, sur à peine deux mètres carrés. Bêtises de Cambrai, calissons d'Aix, lentilles du Puy, piment d'Espelette, nougat de Montélimar, macarons de Montmorillon, olives de Nyons, madeleines de Commercy... Il s'arrête. Tâte le paquet. Elles ont l'air d'être bonnes, ces madeleines-là. Pas comme celles de la vieille, l'autre jour. Qu'elle avait piquées sur les plateaux-repas de ses camarades d'hosto. Marrante, cette dame. Madeleine. Comme les madeleines à manger. Il prend le paquet, le paye, se fait couler un café. Il ne veut pas trop traîner. La route est encore longue. Il doit arriver tôt dans la matinée pour que Pierrot ait le temps d'arranger le client avant l'arrivée de la famille éplorée. Il l'a vu avant de refermer la boîte. Pas beau à regarder. Mais Pierrot, c'est un spécialiste. Des années de pratique. À préparer les corps, les arranger, les maquiller, à les faire sentir bon. Pour qu'ils puissent être regardés une dernière fois, et même embrassés, avant la décomposition. Et il les prend en photo, ses macchabées. Complètement chtarbé, c'mec-là. Quoique... Il les a regardées, et il les a trouvées pas si mal, ses photos. Artistiques, on dirait. Mais pour le gars qu'il transporte en ce moment à l'arrière du fourgon, il va avoir du mal à lui tirer le portrait. Il s'est mangé un gros camion.

Il a un peu le blues, cette nuit, Samy. Mais il ne veut pas se laisser aller. Il va mettre la radio. Ça va l'aider. Il lui reste encore quatre heures de route. Et de trop gamberger, c'est pas bon pour lui, ça.

Pierrot s'est mis au travail dès qu'il est arrivé. Et il a fait des miracles, une fois de plus. Il a recollé les morceaux. On aurait presque dit qu'il était vivant, le gars, en sortant du labo. Mais il n'est pas allé de main morte sur les couleurs. C'est sa tendance actuelle. Le rose sur les joues, trop rose, le rouge à lèvres, trop rouge, le trait des sourcils, trop noir. Surtout que là, c'était un rouquin, au départ... Mais il lui avait redonné forme humaine. Et ça, c'était le principal. Avec Arnaud, son patron, ils se sont chuchoté pendant la visite de la famille que s'il existait un prix pour ce genre de travail, il lui reviendrait forcément. La Palme d'or du meilleur thanatopracteur est attribuée à... Pierrot! Ils ont dû se tourner très vite pour pouffer de rire discrètement. Il est sympa son patron. Il a de la chance d'être tombé sur lui. Même si ce boulot, il n'a pas envie de le faire très longtemps. En prison, il a passé un CAP de plombier. C'est pas vraiment la même branche. Quand il aura un peu de fric de côté, il essayera de se mettre à son compte. Pour l'instant, il se sent bien ici, il est content. D'être utile à quelque chose, de ne plus être seul, surtout. Quand il est sorti de taule, le plus dur, ça a vraiment été ça. De se retrouver tout seul. Putain, ça lui a fait drôle. En cellule, ils étaient toujours à deux, et même des fois à trois. Toujours quelqu'un. Il y avait souvent des cons, mais aussi des fois des mecs sympas. À la promenade, dans les douches, dans les ateliers, toujours du monde partout. Au début, c'est même ce qu'il supportait le moins. Ce qui le rendait fou. Et puis, à force, ça a fait partie de sa vie. Alors en sortant : le choc. Plus personne. Ni parents, ni copains, ni copines, ni rien. La solitude totale. Et puis plus d'endroit où habiter, et plus de fric non plus, évidemment. Il aurait pu faire comme les autres. Rencontrer des filles dans les bars. Il y en a plein qui tombent raides dingues de voyous. Surtout des bourgeoises. Ça leur donne des frissons. Mais il était bloqué de ce côté-là. Dix ans à se faire reluire, ça ne l'avait pas aidé à devenir un don Juan. Loin de là. D'autant que son palmarès d'avant se résumait à trois fois rien. Des p'tits coups par-ci, par-là, et un gros chagrin. Pas brillant. Bon. Il faut qu'il arrête de penser à tout ça. Chaque fois, ça lui remet la déprime. D'autant que maintenant, ça va, quoi... Il a un boulot, un appart, une gonzesse. Il n'a pas à se plaindre. C'est vrai que côté copains, c'est pas encore ça. Il a tendance à se méfier. Mais un jour, ça va se tasser, c'est une question de temps. Il n'y a qu'avec le p'tit Tom qu'il arrive à parler. Avec un môme de onze ans. C'est quand même dingue, ça! Mais c'est déjà bien. Avec Lola, c'est purement physique. Et il a tellement de retard à combler de ce côté-là qu'il s'en fout pour l'instant de ne pas pouvoir échanger autre chose que ses fluides. Voilà. Ça va, quoi. Juste un truc. Quand il pense à ses parents, il a un petit pincement au cœur. Et ça, ça le fait vraiment chier. Parce que de toute façon, c'est plié. Il n'y aura plus jamais moyen de revenir en arrière. Alors, à quoi bon y penser...

Il arrête le corbillard au milieu de la cour. La porte de la maison est grande ouverte et le vieux chien dort sur les marches du perron. Il ne l'a pas entendu arriver. Samy frappe aux carreaux. Personne ne répond. Il enjambe le chien, passe la tête par la porte. Il n'y a personne. Il fait le tour. Dans le potager, il voit Madeleine assise dans sa brouette qui pointe sa canne devant elle, en parlant aux tomates... Elle essaye peut-être de les faire rougir ? Au premier coup d'œil, ça donne cette impression. Samy s'approche d'elle. Elle le regarde arriver en fronçant les sourcils.

— Je vous ai apporté des madeleines, madame Madeleine. Ce n'est plus la saison du lilas. Mais je sais tout de même que vous aimez bien ça...

— C'est très gentil, jeune homme. Moi aussi j'aime beaucoup Brel. Mais vous êtes qui ?

— Je vous ai ramenée de l'hôpital, l'autre jour. La navette...

— Ah, ouiche. Ça me revient.

La tête de Tom apparaît au milieu des pieds de tomates. Il regarde Samy, l'air ahuri.

— Ben... comment tu savais que j'étais là ?

— Ben... je savais pas.

— Qu'est-ce que t'es venu faire, alors ?

— J'ai apporté des madeleines à madame Madeleine, c'est tout. Et toi ?

— Tu vois, je l'aide à faire son jardin.

— Et l'école ?

— J'suis en vacances. On ne faisait plus rien d'intéressant, de toute façon. Dis, t'as vu les tomates ! Tu peux en goûter si tu veux. Elles sont hyperbonnes.

Samy en a mangé. Et il s'est extasié. Tom et Madeleine ont été ravis. Ils ont pesé cette première récolte. Six kilos. Dans l'euphorie, Tom a décidé d'en faire son métier. Tomatier! Ça les a fait rigoler. Ils ont aussi récolté des courgettes et des oignons. Et puis Madeleine s'est sentie un peu fatiguée, et Samy l'a portée jusque dans la maison. Elle a fait tremper quelques madeleines dans un bol de lait, les a mangées et s'est couchée.

Et Tom et Samy sont partis sur la pointe des pieds. Mais ce n'était pas la peine. Elle était déjà profondément endormie.

Sur le chemin du retour, Samy a reparlé de l'école. Que c'était une connerie de ne pas y aller. Que lui, par exemple, il regrettait. Parce qu'il n'en serait pas là où il en était aujourd'hui s'il avait plus travaillé... Enfin, peut-être... mais ça, il l'a gardé pour lui. Tom a fait un peu la gueule. Et puis il a grogné : ma mère elle dit pareil... Il s'est rendu compte qu'il avait gaffé. Mais Samy n'a pas entendu. En tout cas, il n'a eu aucune réaction.

Samy a arrêté le corbillard, a descendu le vélo et les deux cageots de légumes. Et Tom est entré dans le mobil-home. Il y avait un mot. *Je ne rentre pas ce soir. Trop de travail. Bisoux.* Ça lui arrivait souvent à Joss, ces derniers temps, de ne pas rentrer. À cause de son patron qui lui faisait faire des heures supplémentaires, exonérées d'impôts. Elle avait dit ça en rigolant. Tom n'avait pas compris, mais n'avait pas osé lui demander sur le moment. En tout cas, ça l'a déçu qu'elle ne soit pas là. Il aurait bien voulu voir la tête qu'elle aurait faite devant sa récolte.

Il a posé une grande planche sur les tréteaux, a sorti le réchaud à gaz, une bassine et un faitout. Il a ébouillanté les tomates pour les peler plus facilement, comme Madeleine le lui a appris. Et puis il a déplié le papier sur lequel il avait écrit la recette de la sauce qu'il voulait fabriquer. À minuit, il a fini. Et épuisé, il a tout laissé en plan et est allé se coucher.

Tom a préparé trois grands bocaux. Et sur les étiquettes, il a écrit...

*Sauce Tomtomato*

*Pour les spaghettis. Mais c'est bon avec d'autres trucs aussi.*

# 40

## Beaux bocaux

Il est sept heures du matin et Tom passe sous la haie de ses voisins, en traînant son sac derrière lui. Captain Achab, assis quelques mètres plus loin, le regarde arriver, sourcils froncés, comme d'habitude. Tom se relève, lui sourit pour l'amadouer. C'est la première fois qu'il n'a pas peur de lui. Il avance doucement la main, caresse sa tête. Le chat se laisse faire trois secondes et demie et puis s'en va. Tom entre dans le potager. Il serre son sac pour empêcher les bocaux de s'entrechoquer. Il est encore très tôt, Archibald et Odette ne sont sûrement pas levés. Tom choisit trois plants de tomates, creuse légèrement la terre à leur pied et y plante les bocaux qu'il a apportés. Il recule, regarde l'effet que ça fait. C'est beau, il est content. Il repart. En passant devant les framboisiers, il s'arrête, en mange quelques-unes. Mais c'est plus fort que lui, il en cueille un gros paquet. Un bruit le fait sursauter. Il se cache à l'ombre de la haie. Archi passe à quelques mètres, en poussant sa brouette. Et en sifflotant un air anglais. Il s'arrête, se met à désherber l'allée. Ça risque d'être long. Tom mange ses framboises, en attendant. Il n'a pas beaucoup dormi et ses paupières sont lourdes. Une heure plus tard, il se réveille. Il a du mal à respirer. C'est Captain Achab qui est couché sur sa poitrine. Ses sourcils sont toujours aussi froncés. Mais Tom le voit maintenant de très près. Et ce sont bien les striures de son pelage qui lui donnent cet air fâché. Finalement, il est très sympa, ce chat.

Archibald arrive maintenant dans le coin des tomates. Et il tombe en arrêt.

— *Good Lord!*

Il a un moment d'hésitation. Essaye de se rappeler dans quel état il est allé se coucher hier soir, ce qu'il a mis dans son dernier cocktail, s'il a fumé quelque chose... Ce n'est pas tous les jours que l'on voit pousser des bocaux dans un potager. On est en droit de se poser des questions. Il appelle Odette. Lui demande d'apporter son appareil. C'est sûr, cette photo servira de couverture à leur album : *Notre première année à la campagne et autres aventures, by Archibald and Odette.* C'est obligé.

En tout cas, à midi, ils vont manger des spaghettis. À la Tomtomato.

Et ils sont tout émus à l'idée.

# 41

## Le Mité sous le pommier

Madeleine pleure. Le Mité est couché en rond dans le panier. Balourd à côté le pousse du museau comme pour le réveiller. Mais il ne se réveille pas. C'est fini. Il ne reviendra plus. Tom creuse un trou sous le pommier. Il y a des racines partout entremêlées. Il a peur d'en couper et que l'arbre meure aussi. Madeleine serait encore plus triste. Perdre en même temps son chat et son pommier, ce serait trop pour elle. Alors, il fait très attention. Quand il pense que c'est assez profond, il va chercher la boîte à chaussures dans laquelle il a couché le chat mort. Il essaye de la mettre dans le trou, mais ce n'est pas assez large. Il doit encore creuser. Ça fait deux heures qu'il y est. Il commence à en avoir marre. Balourd s'est allongé à côté, regarde d'un œil ce qu'il fait. Tom trouve qu'il a l'air triste. Il n'a rien mangé et ne veut plus se coucher dans le panier. Ça faisait si longtemps qu'ils vivaient ensemble, lui et Le Mité, il doit forcément lui manquer.

Le trou est à la bonne taille maintenant. Il va chercher Madeleine. C'est elle qui veut assister à l'enterrement. Elle dit que c'est son dernier chat et qu'elle lui doit bien ça. Elle n'arrête pas de pleurer. Tom lui serre le bras en l'aidant à marcher. Il aimerait bien la consoler. Mais c'est contagieux. Et lui aussi pleure comme une madeleine. Il l'assied sur une chaise qu'il a apportée exprès, puis met la boîte dans le trou, la recouvre de terre. Il roule un gros caillou jusque sur la tombe, pour marquer l'emplacement. Et il raccompagne Madeleine à la maison. Elle non plus n'a rien mangé depuis hier. Et Tom s'inquiète. Il lui prépare son plat préféré. Des madeleines trempées dans du lait. Mais elle n'en veut pas. Il est désolé. Elle lui dit qu'il peut partir, qu'elle préfère rester seule pour l'instant. Comme c'est le jour où il doit aider Joss à cueillir des fleurs et qu'il ne peut pas être en retard, il décide de partir et de repasser dans la soirée. Elle lui dit que ce n'est pas la peine. Qu'elle se débrouillera très bien toute seule. Allez, file, maintenant... Il lui caresse la tête, l'embrasse sur le front. Elle lui fait un vague sourire. Il grimpe sur son vélo et s'éloigne de la maison, le cœur un peu serré. Madeleine reste prostrée, les yeux mouillés et la goutte au bout du nez. Seule avec Balourd couché à ses pieds, et leur gros chagrin... Ça ira mieux demain, hein ? Mon pauv' vieux. Quel saligaud ce chat, tout d'même. De nous laisser comme ça, sans prévenir, ni rien... Tu vas voir, quand on va l'retrouver, on va le dérouiller, quelque chose de bien. On va lui faire regretter... Ben quoi ? T'es pas d'accord ?... Ça s'fait pas de partir sans rien dire. Ni bonjour ni au revoir. C'est pas poli du tout. Et pis, combien de temps ça faisait qu'il était avec nous, hein ? Dix-neuf ou vingt ans, au moins. Et toi ?... Ah ben, p't'ête un peu moins, c'est vrai... Bon, t'arrêtes de gémir. Ça m'casse les oreilles. Couché maintenant. Là, c'est fini. On va dormir et demain ce s'ra envolé. T'entends c'que j'dis ? On aura oublié not'chat tout mité, qu'était plus bon à rien. Qu'attrapait même plus de souris et qui faisait pipi partout... Tu verras, mon gros Balourd. C'est comme le reste. Trois p'tits tours et pis s'en vont. C'est la vie qu'est comme ça. On n'y peut rien du tout.

## 42

Joss a assez de sous

— On a d'la chance, parce que ici il n'y a pas de roses. Avec les épines, t'imagines à la fin de la journée ? On aurait les doigts en sang.

— Ah ouais, c'est vrai...

— Et puis, tu vois, il est sympa le patron. Parce que normalement, tu ne devrais pas être là. T'as vu les autres. Y a personne qui vient les aider, eux.

— Mmm...

— Il m'aime bien, quoi. C'est pour ça.

Joss coupe les fleurs et Tom les entasse sur un chariot. Après les avoir attachées en bottes de dix. Ils vont deux fois plus vite que les autres cueilleurs. Ils leur font tous un peu la gueule, dans les rangs.

— On s'en fout. De toute façon, c'est bientôt fini.

— Pourquoi ? Il va plus rester de fleurs ?

— Non. C'est moi. Je vais arrêter un moment.

— Ah. T'as assez de sous, alors?

— Ouais.

Tom se redresse. Elle fronce les sourcils. Il reprend son travail.

— Et tu vas partir?

— Oui.

— Quand?

— La semaine prochaine.

— Pour longtemps?

— Non, pas trop.

Tom ne peut pas empêcher ses larmes de couler.

— T'auras qu'à aller dormir chez ton copain, si t'as trop peur tout seul dans le mobil-home.

— Je préférerais rester avec toi.

— Ça va pas, la tête! Je pars pas en vacances, moi. Je vais aller me faire charcuter. Ils vont me retirer des bouts, me recoudre, me repriser comme une vieille chaussette, et toi tu voudrais être là pour regarder? T'es cinglé.

— Mais j'ai peur que tu reviennes pas...

Elle hausse les épaules.

— Pauv'nouille. Évidemment que je vais revenir. Ou tu crois que je pourrais aller, de toute façon?

Tom ramasse les fleurs tombées par terre, les met dans un grand sac. Joss a demandé à son copain patron. Il est d'accord pour qu'il continue à venir, même quand elle ne travaillera plus là. De toute façon, elles finissent à la poubelle, ces fleurs-là. Demain dimanche, c'est le jour de marché. Tom veut faire plein de bouquets. Et en vendre un maximum. Il voudrait acheter une robe pour sa mère. Il en a repéré une très jolie, aux Emmaüs. Qu'elle pourra mettre après son opération. Parce que là, elle serait trop serrée, pour l'instant. Et puis des chaussons pour Madeleine. Parce qu'elle a toujours les pieds froids. Même en été. Si jamais il lui restait quelques sous, il pourrait trouver un truc pour lui. Mais ce serait déjà bien s'il arrivait à avoir assez pour ces deux choses-là.

# 43

## Vingt bouquets

Tom se lève tôt pour partir au marché. Avec vingt bouquets de fleurs. Il est un peu inquiet. C'est beaucoup, vingt. En plus, il fait chaud. Les fleurs risquent de se faner. Il ouvre le carton dans lequel il les a transportées pour les laisser respirer. À la fontaine, il remplit des sacs en plastique avec de l'eau fraîche, trempe les fleurs dedans. Ouf, ça va aller. Elles se redressent.

Vers dix heures, il en a déjà vendu la moitié. Il commence à avoir faim. Il court à la boulangerie s'acheter des chouquettes. Dans la queue, il se retrouve derrière une fille. Elle doit avoir à peu près son âge. Elle se tourne vers lui, lui sourit. Il est gêné, baisse la tête, regarde ses pieds. Elle achète du pain et des chouquettes, elle aussi. Quand il ressort, il la voit ranger le pain dans la sacoche de son vélo. Il retourne à ses fleurs.

La fille passe devant lui, s'arrête.

— Elles sont bonnes, hein ?

— Oui.

— Je peux m'asseoir ?

— Si tu veux.

— C'est toi qui les as faits, les bouquets ?

— Oui.

— Ils sont pas mal.

Ils plongent la main dans leurs sachets, mangent quelques chouquettes.

— Je m'appelle Clara.

— Tom.

— T'es en vacances dans le coin ?

— Mmm.

— Moi aussi. Chez Mélie. Ma grand-mère. Et toi ?

— Chez Madeleine. Mon arrière-grand-mère... enfin, un peu...

— Ah ouais, genre adopté, alors ? Comme moi !

— Oui, c'est ça.

— Bon, faut que j'y aille. À un de ces quatre ?

— D'accord.

Il lui reste dix bouquets à vendre. En deux heures. À raison de cinq bouquets de l'heure. Ça devrait aller. Ses voisins qui se disent « vous » ne sont pas encore passés. Ils ne devraient pas tarder. En effet, ils arrivent. Et ils lui achètent quatre bouquets d'un coup. Tom est content. Il les regarde en souriant. Ils ne savent pas que c'est lui qui a planté hier les bocaux au pied de leurs plants de tomates. Ça lui donne un avantage. Il regrette juste de ne pas pouvoir leur demander s'ils ont aimé sa recette. Dommage. Il ne saura jamais. Au moment de payer, Archibald écarte un pan de sa veste, pour chercher sa monnaie. Tom voit que son tee-shirt est couvert de taches rouge orangé. Et Archibald se penche vers lui, chuchote l'air navré :

— J'adore incroyablement les spaghettis. Mais je mange un peu comme une cochon, vous voyez.

Tom ouvre de grands yeux et reste coi.

Odette sourit et ils partent tous les deux en faisant *bye bye* avec la main.

Il n'y a rien à dire. Il s'est fait griller, quoi.

Vers onze heures et demie, Samy arrive. Lui prend ses deux derniers bouquets. Tom part acheter la paire de charentaises qu'il a repérée pour Madeleine. Le marchand lui fait un gros rabais. Ce n'est pas un article facile à vendre l'été, les chaussons fourrés à la laine de mouton. Il regarde l'heure. Ça va encore. Les Emmaüs sont ouverts jusqu'à midi. Samy propose de l'accompagner. Tom préfère y aller seul, mais comme il insiste, il finit par accepter. La robe est encore là. Plus jolie qu'il ne se la rappelait. Samy trouve aussi qu'elle est bien. Mais que pour Joss, ça risque d'être un peu trop serré, tu crois pas?... Tom fait celui qui n'a pas entendu et va payer. Il lui reste encore un peu d'argent. Mais les magasins sont maintenant fermés. Il verra pour lui une autre fois.

Samy l'invite au restau. Ils commandent des pizzas. Il lui raconte qu'avec Lola, c'est fini. Tom lève les yeux pour voir la tête qu'il fait. Il n'a pas l'air triste du tout. Ils commencent à manger. Entre deux bouchées, Samy marmonne que Lola justement lui a parlé d'un truc avant de partir. Un truc qui le concerne, lui et Joss. Tom attend la suite avec anxiété. Mais Samy lui dit de ne pas s'inquiéter. Qu'il s'en doutait, de toute façon. Faudrait vraiment être très très bête pour ne pas avoir compris que Joss était sa maman...

Tom fixe le contenu de son assiette. Samy dit que lui aussi, ça lui arrive de dire des conneries aux gens pour qu'ils lui foutent la paix. Qu'il ne lui en veut pas et qu'il comprend Joss, finalement. Qu'à sa place, il aurait sûrement fait pareil. Tom le regarde. Samy a l'air sincère. Il est soulagé. Reprend un morceau de pizza.

Mais maintenant qu'il a commencé, Samy ne veut pas s'arrêter là. Il attend que les glaces soient servies. Et il pose la question qui le tarabuste depuis un moment. La date de son anniversaire, c'est quand ? Tom le lui dit, tout naturellement. Et lui explique même qu'il est né avec un mois d'avance. Et que c'est possible que ce soit pour ça qu'il est si petit. En tout cas, Joss le croit. Samy se met à rire. Se lève de sa chaise, embrasse Tom sur les joues. Se rassied. Lui dit qu'il est si content qu'il a envie de pleurer. Et c'est vrai, il pleure. Mais il sourit aussi en même temps.

Tom ne comprend pas très bien. Il trouve que Samy est un petit peu siphonné, quand même.

Un peu maboul.

En deux mots : toc-toc.

Mais à part ça, il est très sympa, ce type-là. Dommage que Joss ne l'aime pas.

Après le déjeuner, ils vont chez Madeleine. Elle ouvre son cadeau.

— Viens donc que j'te bige, mon p'tit homme.

Avec sa manche, elle essuie ses yeux et la goutte qui pend au bout de son nez. Elle veut essayer ses nouveaux chaussons. Elle se tourne vers Samy pour qu'il lui donne le bras et l'aide à marcher.

— Vous êtes déjà venu me voir, vous, c'est ça?

— Les madeleines, l'autre jour...

— Ah ouiche! Très très bonnes. Est-ce que vous pourriez penser à m'en rapporter d'autres, la prochaine fois? Ce serait gentil. J'aime tellement ça.

Elle sourit et puis lui sert un petit verre de ratafia. Boit le sien cul sec. Tom se dit qu'elle a repris du poil de la bête. Mais c'est peut-être qu'elle ne se souvient déjà plus de son chat. Pareil pour Balourd. Qui dort tranquillement dans le panier, maintenant. Comme si Le Mité n'avait jamais existé. Il trouve ça bizarre. Mais il y a un avantage, quand même. C'est que ni Madeleine ni le chien ne pensent plus à se laisser dépérir. C'est déjà ça.

Samy emmène Madeleine faire le tour de la maison.

Et Tom va discrètement mettre une fleur sur la tombe du Mité. Une façon de lui dire que lui, il ne l'a pas oublié.

## 44

## Départ

Tom regarde Joss préparer ses affaires.
Elle s'agite dans tous les sens, n'arrête
pas de parler. Complètement surexcitée.
Elle lui dit qu'elle rentrera dans une
semaine, à tout casser. Qu'il n'a pas à s'inquiéter. Elle va rester chez une copine.
Parce que – dis-donc, quel pot! – elle
habite juste en face de l'endroit où elle
doit aller. Et elle l'a invitée. C'est vraiment
très sympa, non?

— Je pourrais te téléphoner?

— Ah oui, attends. J'ai noté le numéro
quelque part.

Elle cherche dans son sac. Le renverse
sur la table. Une montagne de bouts de
papier, de pièces de monnaie, de bonbons
tout collés, un rouge à lèvres-stylo, une
lampe de poche porte-clefs, des crayons
à la mine cassée, une boîte de mini-

tampons, une pochette de mouchoirs en papier, un tube d'aspirine, ses papiers d'identité, des allumettes... Bon. Ce n'est pas le moment, de toute façon. Elle ne veut pas s'énerver pour des trucs à la con. Elle doit finir de faire sa valise, d'abord.

Avant de la refermer, Tom lui tend le cadeau qu'il lui a préparé. Elle le regarde, étonnée. Il est gêné. Alors il lui dit qu'il préfère qu'elle l'ouvre plus tard. Après l'opération.

Ça y est. Elle est prête.

— Ah merde, j'ai oublié de chercher le numéro de téléphone. Écoute, j'ai pas le temps maintenant. Mais je laisserai un message chez Lola. Ça fait un moment qu'on ne s'est pas parlé, mais elle me doit bien ça, cette pouffe. T'auras qu'à passer au salon de coiffure pour lui demander. Ah aussi, je t'ai laissé un peu de fric dans la boîte noire, au cas où. Mais t'en auras pas besoin, hein?... T'es à l'aise toi, maintenant, avec tout ce que tu gagnes au marché!

Il sourit à moitié. Elle lui pince les joues, l'embrasse, le chatouille dans le cou.

— Mon p'tit Tom...

Il se serre contre elle.

— Tu vas pas me reconnaître, quand je vais rentrer. Peut-être même que tu vas plus m'aimer...

Il hausse les épaules. Se retient de pleurer. Elle attache sa valise sur le porte-bagages de la mobylette.

— M'man, je voulais te dire. Samy, tu sais, ton copain avec qui t'es fâchée... il sait que c'est toi ma mère.

— C'est Lola qui lui a dit?

— Je sais pas.

— Mais toi... tu lui as parlé?

— Oui. Un peu...

— Est-ce qu'il t'a demandé la date de ton anniversaire?

— Pourquoi?

— Il te l'a demandée?

— Mmm.

— Et tu lui as dit.

— Oui.

— C'est malin. Enfin... il fallait bien que ça arrive un jour. Je file. Je vais finir par rater le train.

Elle met son casque, démarre le moteur de la mobylette. Accélère. Le pot d'échappement fume. Et elle crie en s'éloignant :

— Tu diras de ma part à ton père que c'est un...

Tom n'entend pas le dernier mot. Il n'est pas sûr d'avoir bien compris le reste, non plus.

Mais en fait, si.

Il reste un moment sans bouger. À regarder la route vide. Plus de fumée, ni de bruit de moteur. Tout s'est estompé.

Il faut maintenant qu'il recolle les morceaux.

## 45

### Réveillez-vous

— Jocelyne... réveillez-vous... c'est fini...
La voix suave de l'anesthésiste, comme une caresse à son oreille. Et la petite musique de Bach, là-bas, tout au fond. Il a dû racheter le CD. Il a bien fait, c'est vraiment beau, ces concertos pour violon. Elle ne veut pas encore ouvrir les yeux. Pas encore. Juste envie d'entendre la voix lui parler, l'appeler doucement, la supplier un peu...

— Jocelyne...
Ça fait longtemps qu'on ne l'a pas appelée comme ça. Peut-être même jamais. Sur ses papiers d'identité seulement. Elle va demander qu'on ne l'appelle plus autrement. C'est doux. Ça traîne un peu. Un vrai prénom de fille...

— Réveillez-vous, mademoiselle Jocelyne...

Elle veut bien essayer d'ouvrir les yeux. Mais elle a peur qu'il arrête de parler. Alors elle retarde le moment. Encore un tout petit peu...

— Tout s'est bien passé... Vous m'entendez?...

— Mmm...

— Bon. Prenez votre temps... Je reviendrai tout à l'heure...

— Non... Parlez-moi encore... s'il vous plaît...

La main effleure son bras. Un souffle d'air frais et léger balaye sa peau pendant son déplacement. Ça y est. Il est parti. Seule reste la musique de Bach. Elle se laisse porter.

Une heure plus tard, Joss est complètement réveillée. Elle regarde le bandage. Son torse paraît très étroit. Comme celui d'une enfant. Comme quand elle avait dix ans et qu'ils n'avaient pas encore poussé. Le chirurgien frappe et ouvre la porte en même temps. Derrière lui, une nuée d'assistants.

— Bon, eh bien, j'espère que vous êtes satisfaite. Je vous ai fait des œufs au plat, comme vous m'avez demandé.

Elle sourit. Lui pas.

— Nous nous reverrons dans quelques jours. En attendant, pas trop bouger, rien porter, bref, le moins de mouvements possible. Je compte sur vous.

Il ressort aussi vite qu'il est entré. Joss ferme les yeux. Elle veut se rendormir Pour pouvoir se réveiller, et être encore une fois surprise de voir qu'elle n'a pas rêvé. Elle va enfin vivre comme elle a décidé. Ne plus subir sa stupide destinée. Elle s'assoupit. Et elle pense à Tom. Une bouffée de tendresse l'envahit. Elle le serrerait bien contre elle, à cet instant. Son petit Tom, tout petit Tom. Elle tend le bras pour prendre son sac sur la table de chevet et regarder sa photo. Mais la douleur l'arrête brutalement. C'est si fort qu'elle en a les larmes aux yeux. Une infirmière entre à ce moment-là.

— Eh bien, qu'est-ce qu'il y a, ma petite demoiselle ?

— J'ai mal.

— Ne vous inquiétez pas. Je vais vous donner ce qu'il faut.

Elle lui caresse la main, lui sourit gentiment. Joss se sent déjà mieux. Elle la regarde partir, se met à rêver. À son futur métier. Quand elle portera elle aussi une blouse blanche. Ou rose ? Ou bleue ? Il y a peut-être une différence... Il faut qu'elle pense à demander. Elle va se mettre à étudier encore plus sérieusement, maintenant. C'est sûr, ça va être dur. Elle va en chier des ronds de chapeaux. Mais elle veut vraiment y arriver.

Elle s'endort en se le promettant.

## 46

## Chanson enfantine

Tom ramasse plusieurs kilos de tomates dans le potager. Ils vont commencer les bocaux. Madeleine est survoltée. Elle dirige les opérations. De sa brouette, la canne à la main, elle donne ses ordres... Là, les tomates spéciales, en forme de poires, de cœurs, de piments, les noires, les jaunes, les vertes, les rouges... dans ce panier-ci. Fais attention, pauv'malheureux! Tu vas nous les abîmer... Et dans ce panier-là, les plus communes, les moches, les ramollos... celles qui vont passer à la casserole.

Maintenant, elle veut absolument l'aider à les peler. Tom l'installe dans la cour avec tout le matériel à sa portée. Couteau, passoire, bassine, faitout. Ils discutent de la recette. Comment l'améliorer. Tom propose de mettre de la courgette. Ils en ont beaucoup trop, ce serait une bonne façon de les écouler. Elle est d'accord.

— Et puis de l'ail et des oignons.

— Et de la marjolaine.

— Ah oui, ça sent bon. Joss, elle aime bien aussi.

— Et une cuillère à soupe de sucre.

— Ou du miel, non ?

— Si, t'as raison. On va essayer.

Samy arrive dans l'après-midi. Il a quitté tôt son boulot parce qu'il n'y avait rien à faire aujourd'hui. Pas de cérémonie à préparer, pas de corps à aller chercher. Il vient les aider. Tom le regarde un peu de travers. Deux heures plus tard, ils remplissent les bocaux et les mettent à stériliser. Madeleine réclame la bouteille de ratafia, en sert un verre à Samy. Elle en profite pour s'en envoyer un petit, cul sec. Et puis elle ferme les yeux et se met à chanter. De sa voix chevrotante et tout éraillée. Samy et Tom se moquent un peu. Ils ne comprennent pas un mot de la chanson et ils le lui font remarquer. Elle rouvre les yeux, se fâche. Elle leur dit que c'est normal qu'ils ne comprennent rien, puisque c'est une chanson en étranger ! Mais elle va leur raconter. Nanynka va cueillir des feuilles de choux, les met dans son panier. Mais Pépitchek arrive et renverse tout. Alors elle lui dit qu'il va payer pour ce qu'il a fait... Qu'il va payer... Madeleine penche la tête, menace du doigt...

*Ty, ty, ty*
*Ty, ty, ty*
*Ty to musish platiti*

Samy et Tom l'écoutent chanter jusqu'au bout, sans bouger. Quand elle a fini, elle rouvre les yeux, les regarde en souriant. Ça lui a fait du bien de se rappeler. Une chanson de quand elle était petite. De l'âge de Tom. Elle non plus, elle n'était pas plus haute que trois pommes. Elle revoit sa maman pencher la tête, pointer l'index en menaçant... *Ty ty ty... Ty ty ty... Ty to musish platiti...* Madeleine s'amuse à mimer. Et pleure en même temps. Samy et Tom n'osent pas interrompre ses souvenirs vieux de plus de quatre-vingts ans. Ils ne comprennent pas grand-chose. Il y a des mots en étranger, comme elle dit joliment. Mais en quelle langue ? Ils n'en ont aucune idée. Ça ne dure pas longtemps. Elle est épuisée. Et comme ça lui arrive de plus en plus souvent, elle s'endort d'un seul coup.

# 47

## Tsunami

Tom et Samy restent un moment silencieux. Ils sont un peu émus de se retrouver tout seuls, ne savent pas trop quoi se dire. D'autant plus que Samy ne sait pas encore que Tom sait.

Alors Tom se décide à parler.

— Maman est partie.

— Ah?

— Pour se faire opérer.

— Merde, elle est malade?

— Non. Pas parce qu'elle est malade. Pour autre chose. Mais elle préférerait pas que j'en parle. Même pas à toi.

— Même pas à moi?

— À personne. Même pas à mon père. C'est un peu ce qu'elle a dit en partant, quoi.

— Ah.

Samy prend quelques secondes pour se

rassembler. Essayer de maîtriser le tsunami qui le secoue de la tête aux pieds.

— Bon, d'accord. N'en parlons pas alors, mon p'tit Tom.

Il lui passe la main dans les cheveux, l'ébouriffe en riant. Ça exaspère Tom. Lui qui doit passer du temps devant le miroir tous les matins pour essayer de mater ses épis... C'est étrange cette manie qu'ils ont tous de faire ça, les adultes. Vivement qu'il soit grand. Lui, il évitera de le faire. Parce qu'il en est certain, il se rappellera toujours combien c'est emmerdant.

Tom téléphone au salon de coiffure. Lola répond. Oui, Joss a appelé ce matin et a laissé un numéro où la joindre. Elle le lui dicte. Et puis elle lui pose quelques questions. L'air de rien. Sur ce qu'il fait en ce moment... S'il ne s'ennuie pas tout seul... S'il a vu Samy ces derniers jours... Là, il marmonne vaguement oui. Alors elle lui demande si, par hasard... il ne lui aurait pas parlé d'un truc un peu important, un truc à propos de Joss... Tom répond : *Non, rien du tout*. Alors elle dit : *Ah*. Et puis : *Bon*. Elle a l'air déçue. Tom raccroche. Il la trouve un peu pouffe, lui aussi. Mais il

254

ne dit rien. Pour ne pas vexer Samy. Il reprend le téléphone.

— Est-ce que je pourrais parler à Joss, s'il vous plaît?

Il entend appeler... *Jocelyne! Téléphone...*

— Allô c'est moi.

— Ça va, Tom?

— Oui, oui. Et toi? Est-ce que t'as mal?

— Pas trop.

— T'es contente, alors?

— Oui.

— Et... t'as vu ton cadeau?

— Je l'ai sur moi. C'est la bonne taille.

— J'voudrais bien te voir...

— C'est trop loin. Et puis, je rentre la semaine prochaine, de toute façon...

Tom masque sa bouche pour parler plus discrètement.

— Samy dit qu'il pourrait m'emmener, si t'es d'accord.

— On verra ça. Tu lui as dit ce que je t'ai dit l'autre jour?

— Un petit peu...

— Il est comment avec toi?

— Gentil.

— Très?

— Oui.

Elle pleure doucement.

— Oh m'man, pourquoi tu pleures ?

— Pour rien... J'ai peur que tu l'aimes plus que moi, c'est tout.

— N'importe quoi !

Elle se mouche.

— Il faut que je te laisse. Ma copine veut téléphoner. Bisous, mon p'tit Tom.

— Bisous, m'man.

Tom se tourne vers Samy, lui rend son portable.

— Je lui ai dit que tu étais d'accord pour m'emmener la voir demain.

— Ah, OK... Ben, je vais me débrouiller avec mon patron, alors.

Madeleine se réveille en sursaut et se met à crier : Les bocaux ! Les bocaux ! Sans l'aide de personne, elle se lève, marche rapidement vers la maison, éteint le feu sous la lessiveuse.

— On peut compter sur personne. C'est toujours pareil. T'es pas d'accord, mon Balourd ? Ouh lala, il a raison, le p'tit, ça te va bien ce nom-là. T'es devenu gras, mon pauv'vieux... C'est pas la peine de te vexer. Allez, viens, on va causer tous les deux. Viens là... Mais c'est qu'il est sourd comme un pot. J'y cause et il entend rien de c'que j'dis. C'est bien la peine...

Elle sort sur le perron.

— Bon, les garçons ! Vous venez m'aider ? Il reste encore à faire. Vous vous croyez en vacances, ou quoi ?

Samy et Tom la regardent, étonnés.

Elle en a encore sous le pied, la vieille Madeleine.

C'est sûr, c'est pas demain la veille qu'elle lâchera le morceau.

## 48

## Reconnaissance

Samy a proposé à Tom de venir habiter chez lui jusqu'au retour de Joss. Et Tom a répondu qu'il allait réfléchir. Mais que pour ce soir, il était d'accord. Il avait fait des cauchemars la nuit d'avant et ça ne lui disait rien de rester seul au mobil-home. Dès son arrivée, il a visité l'appartement. Et il a tout essayé. Les interrupteurs, les poignées de porte, les robinets, la lunette des WC... Et surtout la porte d'entrée. En vrai bois, avec une vraie serrure. Ça lui a plu. Il a trouvé bizarre que l'appartement soit si vide. Et il a pensé que ça devait être comme ça dans une cellule de prison. Mais il n'a rien dit à Samy.

Il a dormi dans le grand lit et Samy a ressorti son vieux sac de couchage qu'il a installé par terre dans le salon. Le lendemain, il s'est levé tôt pour aller voir son patron. Il n'y avait pas de boulot de prévu ce jour-là, mais évidemment ça pouvait tomber à n'importe quel moment. On n'était jamais à l'abri d'un appel urgent, aux Pompes funèbres, a dit Arnaud en se marrant. Samy a proposé de rester joignable toute la journée, et prêt à partir à n'importe quel moment. Et Arnaud a accepté. Samy a préparé le corbillard, accroché à l'arrière la housse contenant son costume noir, cravate noire, chemise blanche, et est rentré chercher Tom. Il était sous la douche. Et y est resté assez longtemps.

— Super bonne, l'eau. Pile-poil à la bonne température. Pas comme au mobil-home.

En route, ils se sont arrêtés dans une station-service. Samy en a profité pour acheter des madeleines de Commercy pour Madeleine, et Tom un paquet de fraises Tagada, juste pour lui.

Tom sonne. Jocelyne ouvre. Elle porte la robe qu'il lui a offerte. Elle ne s'attendait pas du tout à le voir là maintenant, alors elle reste un peu raide. Tom s'approche d'elle, mais n'ose pas la toucher. Il ne sait pas où poser ses mains, il ne veut pas risquer de lui faire mal. Elle l'embrasse sur le front.

— Mon petit Tom...

Et comme chaque fois qu'elle lui parle doucement, il sent sa gorge se nouer.

— Comment est-ce que tu es arrivé ici?

— C'est Samy qui m'a emmené.

— Ah oui.

— Il est resté en bas.

— Bonne idée. Je n'ai pas envie de le voir, de toute façon.

— Je sais, m'man. C'est pas grave.

Au bout d'une heure, c'est elle qui décide qu'il est temps. Elle veut faire l'effort. Juste cinq minutes, pas plus. Pour Tom, quoi. Et puis, c'est aussi l'occasion de voir l'effet que fait sur un homme son nouveau tour de poitrine. Elle a le trac. C'est une première. Elle s'enferme dans la salle de bains, se recoiffe, se pince les joues, fait bouffer sa robe. Et très lentement elle tourne sur elle-même, pour se voir de profil, redresse son dos, cambre les reins. Elle se retient de geindre. C'est encore trop tôt pour se cambrer. Elle a envie de dire à Tom qu'elle a changé d'avis. Qu'elle ne veut voir personne, et surtout pas Samy. Mais elle se rappelle l'expression de son visage tout à l'heure. Il va être déçu. Elle se regarde encore dans le miroir, de face, cette fois, et puis s'en va.

Tom court devant. Elle marche lentement, en faisant bien attention où elle met les pieds, s'arrête devant Samy, ne lui tend pas la main.

— Salut, Samuel.

Il ne paraît pas surpris.

— Salut, Jocelyne.

Elle sourit légèrement.

Ils vont s'asseoir à la terrasse d'un café, à l'ombre d'un parasol, restent tous les trois silencieux un moment.

Mais Jocelyne n'y tient plus, regarde Samy par-dessus son verre.

— Alors? Qu'est-ce que t'en penses?

Il jette un regard vers Tom avant de répondre.

— Elle te va comme un gant.

— Je ne parle pas de la robe!

— Ça me gêne un peu d'en parler, là... Évidemment, je vois bien qu'il y a quelque chose de changé. Mais quoi exactement? La robe? Tes yeux? J'ai l'impression qu'ils n'ont plus la même couleur qu'avant. Ou peut-être que je ne les avais jamais regardés ? Mais c'est possible aussi que je ne te voie plus pareil parce qu'il y a... le môme maintenant ? Je ne sais pas. C'est difficile à démêler.

Jocelyne hausse les épaules. Elle grimace. C'est trop tôt aussi, pour les haussements d'épaules. Elle embrasse Tom, lui pince les joues, le chatouille dans le cou. Et puis elle se lève précautionneusement, s'éloigne à petits pas. Un peu comme une vieille dame.

# 49

## Cambriolage

Tom a décidé finalement de rester avec Madeleine toute la semaine. Elle était très fatiguée, et avait beaucoup de mal à se lever de son lit. Ça l'inquiétait de la laisser toute seule. Il avait peur de la retrouver allongée au milieu de ses choux, comme la première fois. Samy a accepté. Il l'a aidé à ranger le débarras et à installer un lit. Et puis il a fait un peu de plomberie dans la salle de bains. Il a changé les robinets de la douche et a mis un mitigeur thermostatique avec une butée de sécurité à 38 °C. Tom a testé. L'eau était pile à la bonne température. Il a trouvé ça hyperbien.

Le lendemain en fin de journée, Samy l'a emmené chercher des affaires au mobil-home. Mais quand ils sont arrivés, la porte était grande ouverte. Tout avait été fouillé, jeté par terre, piétiné, déchiré.

Les vêtements, les cahiers d'école, les livres, tout... Tom s'est blotti dans les bras de Samy. C'était la première fois. Et Samy l'a serré très fort, parce qu'il se retrouvait d'un coup papa, et que ça l'a drôlement ému. Ils ont fini par sortir pour réfléchir plus calmement. La porte était cassée, n'importe qui pouvait entrer. Il fallait tout déménager. Samy est allé chercher des cartons et ils ont rempli le corbillard. Avant de partir, Tom a rampé sous le châssis du mobil-home et a pris la boîte noire. Ils ont décidé de ne pas prévenir Joss tout de suite de ce qui s'était passé. Elle le saurait bien assez tôt. Arrivés chez Madeleine, ils ont empilé les cartons dans l'ancien poulailler. Et Tom en a profité pour montrer à Samy la malle avec toutes les BD. Il a un peu tiqué. Ça lui disait quelque chose, mais il ne savait pas trop quoi...

Samy est resté tard, ce soir-là. Et Tom a beaucoup pleuré. Madeleine a compris qu'il s'était passé quelque chose. Elle a insisté pour qu'ils lui expliquent. Elle s'est levée de son lit, a pris Tom dans ses bras, l'a bercé en fredonnant une chanson enfantine. Et puis elle lui a dit qu'elle aussi, un jour, on lui avait tout volé. Mais qu'il ne fallait pas pleurer, petit homme. Tu vas t'user les yeux pour rien. Elle, elle avait pleuré toute sa vie comme une madeleine. Et tout ce que ça lui avait rapporté, ça avait été des yeux tout délavés et un prénom de gâteau! Tu parles d'une affaire... Mais maintenant, elle pouvait bien arrêter à jamais. Puisqu'elle était enfin tombée sur eux. Ses deux si gentils petits enfants...

Tout en disant ça, ses larmes ont dévalé ses joues. Mais Madeleine n'a rien senti. Elle souriait très sérieusement.

Tom et Samy se sont regardés. La pauvre, elle était sûrement passée de l'autre côté. Elle n'avait pas dû retrouver le chemin de retour.

## 50

### Joss encaisse

Elle devait rentrer deux jours après, il était temps de la préparer.

Tom a donc appelé Joss pour lui parler du cambriolage. Il lui a dit qu'avec Samy, ils avaient pris ce qui restait dans le mobil-home et qu'ils avaient tout stocké chez la grand-mère d'un copain. Là, Samy a froncé les sourcils. Et puis il a fait signe qu'il voulait lui parler... *Attends, j'te passe Samy, il a un truc à te dire...* Samy a proposé, au cas où elle ne trouverait pas d'autre solution, de lui prêter son appart quelques jours. Elle a éclaté de rire, et a clairement marmonné : *Non mais, pour qui il se prend, ce mec-là...* Il n'a pas insisté. Il a juste trouvé que, décidément, cette nana était très con et il a raccroché. Et il n'a rien dit à Tom.

Deux jours plus tard, elle a rappelé pour demander si elle pouvait passer prendre les clefs. C'était urgent.

Il s'est dépêché de rentrer pour faire le ménage, a ouvert les fenêtres en grand, passé la serpillière partout, lavé la cuvette des toilettes plusieurs fois pour être sûr que ce soit nickel chrome, remplacé le rouleau de papier, changé les draps, descendu la poubelle. Il a juste eu le temps de remonter et de jeter ses affaires en vrac dans un sac, et la sonnette a retenti. Elle a fait le tour de l'appartement, a tout essayé, elle aussi. Les interrupteurs, la chasse d'eau, les poignées de porte, le mitigeur de la douche. Elle a trouvé tout très bien. Un peu cher, le loyer, non?... Il était d'accord, mais après sa sortie de prison, il n'avait pas été en position de discuter. Maintenant, il avait envie de trouver un truc plus grand. Pour se faire un atelier, pouvoir bricoler, s'étaler... et puis pour que Tom puisse aussi avoir sa chambre...

Là, elle s'est renfrognée.

— Y a pas l'feu, quand même.

— Oui. Et de toute façon, j'ai pas encore assez de pognon.

Et puis très vite, il lui a proposé... un thé? un jus de fruits? une bière? Elle a accepté la bière. Et elle a fondu en larmes. Samy a mis ça sur le compte du cambriolage. Elle ne l'a pas détrompé. Elle n'avait pas du tout envie de raconter ce qui lui était arrivé une heure plus tôt. Quand elle avait débarqué chez son mec, le patron de la serre. Cette terrible impression d'avoir reçu un coup de couteau dans le dos... Au moment où il lui avait dit que, sans ses seins, elle ne l'intéressait plus du tout.

Difficile à encaisser.

Quel blaireau. Décidément, elle les collectionnait.

Mais elle allait s'en remettre.


Après lui avoir expliqué le fonctionnement de la maison, Samy lui a tendu les clefs. Elle a demandé quand Tom allait arriver. Il a dit qu'il le déposerait le lendemain matin tôt, avant d'aller bosser.

Ce n'est qu'une fois sur le palier qu'il l'a entendue murmurer quelque chose qui ressemblait vaguement à... merci. Le temps de se retourner, la porte s'est refermée sur lui...

— De rien, Jo...

Clac !

— ...celyne.

C'était un peu sec.

Mais il y avait du progrès dans leur relation.

# 51

## La vie de Madeleine

Ça lui a pris du temps, mais Tom est arrivé à tout mettre bout à bout. Et il a résumé l'histoire pour Samy.

— Toute sa famille est morte dans son pays. En Bohême, je crois elle a dit. Et elle après, elle s'est enfuie. Elle a marché tout droit pendant des semaines, sans savoir où elle allait, tellement elle était triste. Une nuit, elle a passé la frontière et elle s'est retrouvée ici. Mais elle devait rester cachée quand même, parce qu'il y avait des nazis. Elle commençait vraiment à en avoir marre d'être toute seule, sans pouvoir parler à personne et à pleurer sans arrêt. Un jour, un chien s'est approché de sa cachette. Il n'a pas aboyé. Il lui a juste léché la main. Et c'est devenu son copain. C'était le chien d'un berger qui faisait paître ses moutons dans le coin.

Au bout d'un moment, le berger s'est rendu compte qu'elle suivait le troupeau, et il a cru qu'elle était là pour l'espionner. Alors il l'a entraînée dans la forêt pour la tuer. Mais finalement, il a vu qu'elle était gentille et il a changé d'avis. Et puis, il est tombé amoureux. Il s'appelait André. Il avait vingt-cinq ans, et elle aussi... Comme maman maintenant... Il lui a construit une cabane dans la forêt. Tous les jours, il venait la voir pour lui apporter à manger, lui offrir des fleurs et lui apprendre le français. Il voulait se marier avec elle après la guerre. Ça a duré plusieurs mois. Et un jour, il n'est plus revenu. Elle a su plus tard qu'il s'était fait fusiller parce qu'il avait aidé des gens à passer la frontière. Elle attendait un bébé et elle s'est retrouvée toute seule, encore une fois. La nuit, pour manger, elle s'approchait des fermes, volait ce qu'elle pouvait dans les potagers... Marrant, hein? Comme moi... Et puis, elle a accouché. Tu te rends compte, Samy? Elle a accouché toute seule dans la forêt. Et elle a lavé le bébé dans l'eau froide de la rivière, l'a essuyé avec des feuilles, lui a construit un berceau avec des branches de châtaignier, mis de la mousse pour faire un matelas. Et tous les jours elle lui tissait une nouvelle couverture avec des feuilles de noisetier, pour que ce soit bien doux. Mais quand l'hiver est arrivé, elle a eu peur que le bébé meure de froid. Alors elle a demandé du travail dans une ferme, pour pouvoir dormir à l'abri dans la grange. Les fermiers ont dit oui. Trois jours après, des soldats sont arrivés. La fermière a juré que le bébé était à elle et ils ont emmené Madeleine dans un camp de prisonniers. Très loin. Pendant très longtemps. Deux ans, je crois. À la fin de la guerre, elle est revenue. Elle a cherché longtemps, et elle a finalement retrouvé la ferme. Mais la fermière n'a pas voulu lui rendre son bébé. C'est là qu'elle a vraiment commencé à pleurer comme une madeleine. Et c'est devenu son nom. Longtemps après, il y a quand même eu un jugement et on lui a rendu son fils. Mais c'était trop tard. Il aimait la fermière comme si c'était sa maman. Quand il a été grand, il est parti et elle ne l'a plus jamais revu. Voilà. C'est ce que Madeleine m'a raconté.

— C'est triste, putain!... Oh, pardon...

— C'est pas grave, maman aussi elle parle comme ça.

Samy finit de boire son café.

— Elle a dit comment il s'appelait, son fils ?

— Oui. Dan.

— Ah.

Il se racle la gorge avant d'ajouter :

— Comme mon père. C'est marrant, ça.

Ils regardent tous les deux vers le ciel. Il fait beau. Quelques hirondelles volent, très haut. Pas un nuage à l'horizon.

— Et toi, tu me raconteras un jour comment c'était, la prison, p'pa ?

— Mmm... OK, fiston.

## 52

## Voyage en Italie


Arnaud a téléphoné.

— Sam. J'ai une bonne et une mauvaise nouvelle. Je commence par la mauvaise. Un pauvre vieux, qui était client chez nous, s'est tué bêtement sur la route, dans le nord de l'Italie... Et maintenant, la bonne. Tu pars le chercher! Espèce de veinard! *Ô sooolé miiiiiooo... sta enfronté a téééé... Ô sooolé miiiiiooo...*

Samy a sonné à sa porte. Joss a ouvert. Il lui a demandé si Tom était là. Elle a répondu qu'il était allé chercher des fleurs. Il a regardé autour de lui. Elle avait mis des rideaux aux fenêtres, des dessins sur les murs. C'était nettement plus chaleureux. Il le lui a fait remarquer. Elle a haussé les épaules, a crié *aïe!* parce que c'était encore trop tôt, et est allée chercher une bière dans le frigo. La dernière qui restait. On partage, OK? OK.

Ils sont restés un moment silencieux. Et puis il lui a demandé comment ça allait avec ses révisions. Elle a répondu que c'était dur, mais qu'il lui restait encore un an avant de passer le bac, et qu'elle pensait y arriver. Il a trouvé ça courageux. Il y a eu un deuxième silence, plus long que le premier. Et timidement, il lui a parlé du voyage en Italie, et de son idée d'emmener le petit. Elle a fait la gueule. Il lui a dit que c'était juste trois jours... Elle voulait réfléchir. Et puis d'un coup, elle s'est levée, a filé nerveusement dans la chambre. Il l'a entendue fouiller. Ça a duré pas mal de temps. Enfin, il y a eu un soupir et elle est revenue, le passeport de Tom à la main. Ouf! c'était bon.

Samy est reparti.

Il a croisé Tom qui revenait avec un grand sac-poubelle plein de fleurs. Il lui a annoncé la nouvelle, et Tom lui a sauté au cou.

Mais très vite, il a posé la question.

— Et Madeleine...?

Samy s'est mordu la lèvre. Merde, il n'y avait pas pensé. C'est vrai que ça n'était pas une bonne idée de la laisser seule si longtemps. Ils avaient jusqu'à demain soir pour trouver une solution. Mais il ne fallait pas trop rêver, en si peu de temps, ce serait difficile. Ils sont repartis chacun de leur côté, assez déçus. Forcément.

Le lendemain matin, au marché.

Tom est arrivé tôt avec les vingt bouquets de fleurs qu'il avait fabriqués. Vers dix heures, il ne lui en restait plus que six. Et ses meilleurs clients, Archibald et Odette, n'étaient toujours pas passés. Il ne voulait pas les rater, il avait prévu de leur faire un cadeau. La nouvelle version de sa sauce Tomtomato. Avec du miel, cette fois. Il surveillait donc les allées. Et c'est à ce moment-là qu'il a vu Joss passer devant lui, sans s'arrêter, continuer quelques mètres, se retourner, et puis revenir sur ses pas.

— T'as grandi d'un seul coup, mon p'tit Tom ! Je viens seulement de le remarquer. Si ça continue, je vais devoir t'appeler... mon grand Tom ! Ça ne va pas du tout, ça...

Et elle lui a passé la main dans les cheveux, l'a ébouriffé en se marrant. Il n'a pas réussi à l'esquiver.

Elle avait acheté des chouquettes à la boulangerie. Ils se sont assis côte à côte et en ont mangé. Et puis elle lui a dit qu'elle s'ennuyait toute seule. Qu'elle en avait assez de réviser ses cours et de rester enfermée toute la journée. Qu'elle avait hâte de reprendre son travail chez la vieille instit. S'occuper de son jardin, lui cuisiner des petits plats, lui lire des passages de ses romans Harlequin... Se sentir utile, quoi. Ça commençait vraiment à lui manquer, tout ça.

Une cloche a sonné la demie.

Ils ont regardé tous les deux vers le ciel. Il faisait beau. Quelques hirondelles volaient, très haut. Pas un nuage à l'horizon.

Et Tom lui a parlé de Madeleine.

## 53

### Si les symptômes persistent

Pendant le trajet, Joss a bien expliqué que si elle acceptait de s'occuper de la vieille, ce serait de toute façon service minimum. Primo, elle ne pouvait rien porter de lourd. Donc, si elle se pétait la gueule, elle ne pourrait pas la relever. Secundo, elle était interdite de vaisselle... Samy et Tom se sont retenus pour ne pas sourire... Parce que, les bras tendus en avant – elle a fait le geste pour leur montrer et a crié *aïe* en même temps –, c'était encore trop tôt, vous voyez. Ça tirait sur les coutures. Et puis troisio, elle l'avait déjà rencontrée l'année d'avant, cette Madeleine, et ça ne s'était pas bien passé du tout. Elle était très chiante. Tom a suggéré qu'elle avait pu changer depuis... Joss a dit que ça l'étonnerait. Il a commencé à douter du projet.

Madeleine était grognon. Quand les garçons lui ont parlé du voyage en Italie, elle leur a dit qu'elle était contente pour eux, mais qu'il y avait des chances pour qu'elle ne soit plus là quand ils rentreraient. Ils seraient débarrassés. Et de toute façon, elle en avait marre de tout. Ça les a consternés. Alors Tom lui a expliqué qu'ils ne partaient que pour trois jours et que Joss pourrait rester avec elle tout ce temps. Elle a répondu que ce n'était pas la peine, qu'elle avait déjà passé les trois quarts de sa vie toute seule et qu'elle et son balourd de chien n'avaient besoin de personne. Allez-vous-en, maintenant. Et elle s'est recouchée en leur tournant le dos. Joss a regardé Tom, l'air de dire : *Tu vois, j'avais raison.*

Ils sont partis quand même.

Mais ils n'ont pas eu le choix, Joss les a mis à la porte. Elle a décidé d'un coup de prendre les choses en main. La vieille était chiante, d'accord, mais c'était une bonne occasion pour elle de s'entraîner à son futur métier d'infirmière. Apprendre à être patiente avec les patients... c'était quelque chose qui lui manquait. Et puis, se spécialiser en gériatrie, ce n'était pas une mauvaise idée. Peu de risque de chômage dans cette branche. Il suffisait de regarder autour. Des vieillards, il y en avait partout. Elle a donc pris le taureau par les cornes et s'est mise à trier les médicaments. Un sac entier et plusieurs ordonnances. Elle a eu du mal à tout démêler, surtout avec les boîtes dont les noms ne figuraient pas sur les prescriptions. Des produits génériques. Mais quelque chose clochait. Et elle a fini par comprendre : Madeleine se trompait dans les posologies. Elle en prenait deux fois trop. Ce qui avait forcément une incidence sur sa santé. En jetant un œil sur les notices, elle est arrivée à la rubrique effets secondaires : somnolence, dépression, sautes d'humeur, absences, engourdissement des membres inférieurs, etc. Si les symptômes persistent, cessez les prises et avertissez le médecin traitant.

Dès le lendemain matin, Madeleine allait beaucoup mieux et Joss n'a averti personne. Elle avait trouvé. Ce n'était plus la peine.

Les jambes de Madeleine se sont désengourdies. Et sa vitalité aussi. Elle a pu marcher sans l'aide de Joss. Qui ne lui a pas proposé de s'appuyer à son bras, ne voulant pas risquer de déchirements. Elles ont fait un tour au potager, et elle s'est étonnée de voir les quarante pieds de tomates. Il y en avait assez pour une armée! Madeleine a dit que c'était Tom qui les avait tous plantés. Et elle lui a raconté leur première rencontre. Le fameux soir où elle avait cru mourir, là, toute seule au milieu de ses choux et qu'il était arrivé, le gentil petit homme, et qu'il l'avait sauvée... Joss a découvert l'autre vie de son fils. Elle n'avait jamais imaginé ne pas le connaître complètement. Et ça l'a un peu secouée.

— Pourquoi t'es triste, ma p'tite Jocelyne?

— Pour rien. J'ai juste peur que mon fils vous aime plus que moi. C'est tout.

Elles ont ri.

Madeleine a bien compris que Joss se moquait de ses peurs et de ses chagrins pour éviter qu'ils ne deviennent trop gros et ne l'anéantissent. Et elle s'est dit que ça lui aurait bien servi de savoir faire ça, en son temps. Elle aurait moins usé ses yeux à pleurer, peut-être.

À part la robe que Tom lui avait offerte, Joss n'avait rien à se mettre sur le dos. Madeleine l'a donc envoyée chercher du tissu, au grenier, dans une grande malle pleine. Les restes de son métier. Joss a choisi ce qu'elle voulait, et puis elle a regardé autour, par curiosité. Sur une pile de vieilles bandes dessinées, elle a trouvé un cadre, l'a retourné pour regarder la photo. Elle est restée scotchée quelques secondes. C'était une photo de Samy, douze ans plus tôt, quand ils s'étaient rencontrés. Petit pincement au cœur, en passant. C'est vrai qu'il était pas mal... Normal qu'elle ait craqué. Mais plus bas, à l'encre blanche, il y avait écrit : *Dan, 18 ans (1960)*.

Elle est redescendue avec le tissu.

— La photo là-haut, c'est...

— Ça fait un sacré bout d'temps que j'suis pas montée voir. Je me rappelle plus ce qu'il y a. Des vieilleries, sûrement.

Joss n'a pas insisté.

Et Madeleine lui a montré comment se servir de la machine à coudre. Ça faisait plus de vingt ans qu'elle n'avait pas tourné. Le son l'a ramenée loin en arrière, et elle s'est essuyé le nez sur sa manche.

Couture.

Joss a découpé le tissu. Et elle a dit que...

... Ça lui pesait que les hommes ne se retournent plus sur elle, dans la rue. Qu'ils ne la regardent plus d'un air gourmand.

Elle a assemblé les bouts avec des épingles.

... Même le regard des femmes avait changé. Elles ne la regardaient plus comme une rivale potentielle, mais comme une nana parmi tant d'autres. C'était un peu flippant.

Elle a enfilé une aiguille.

... D'un côté – Mmm... clac, elle a coupé le fil avec ses dents –, elle était soulagée. Ben oui, c'est quand même pour ça qu'elle avait voulu se faire opérer. Mais de l'autre, elle avait l'impression de ne plus vraiment exister. Difficile de s'y retrouver.

Elle a fait un nœud, a levé les yeux vers Madeleine. Qui a juste hoché la tête, c'est tout. N'ayant jamais eu autre chose que des seins très menus, elle n'avait pas vraiment d'opinion sur la question.

Et Joss a attaqué le bâti.

Le dernier bouton cousu, elle a enfilé la blouse blanche et a grimpé sur une chaise pour se regarder dans le miroir au-dessus du lavabo. Elle n'avait pas encore commencé ses études, mais elle avait déjà le costume. Et elle trouvait que ça lui allait bien. Madeleine aussi. En gloussant, elle a dit qu'il ne lui restait plus qu'à tomber malade, maintenant.

Joss l'a regardée en fronçant les sourcils.

— Faut pas déconner, quand même. Hein, Madeleine...

# 54

## Aïe!

Momo, le braconnier, est arrivé, un peu plus tard, dans son auto.

Il apportait un faisan prêt à cuire. Très naturellement, il a voulu savoir si le lièvre de la dernière fois avait été bon. Mais Madeleine ne se souvenait pas d'en avoir mangé... Il a mis ça sur le compte de l'âge. Lui, quand il oubliait, c'était parce qu'il avait trop bu. À chacun ses faiblesses, il s'est dit.

Joss a demandé s'il pourrait la déposer en ville en repartant. Il a bien voulu, mais l'a prévenue. C'était pas sûr qu'il puisse la ramener. *Pasque* vers midi, a priori, il n'était plus très frais. Et qu'il avait sa petite organisation. Garer la voiture devant le café, à sa place réservée, donner les clefs au patron, payer sa tournée, et repartir à vélo. Ça zigzaguait, forcément, mais c'était moins dangereux qu'en auto. Et Marie-Rose, son épouse, se faisait moins de mouron.

Joss a dit qu'elle trouverait une solution. Au pire, elle rentrerait en stop. Elle a fait ses courses, et puis elle est repassée au café, où elle a constaté que Momo n'était effectivement plus très frais. Elle a donc levé le pouce devant la première voiture qui passait. C'est Archibald et Odette qui se sont arrêtés. Joss s'est sentie mal à l'aise. Tom était allé pendant des mois faire des razzias dans leur potager, sans compter les soirs où il s'installait sous leurs fenêtres – et elle aussi, d'ailleurs – pour regarder la télé, et manger les pommes de leur cellier... Difficile de croire qu'ils ne s'en soient jamais aperçus. Mais ils n'ont rien laissé paraître. Ils ont juste demandé des nouvelles de son gentil petit garçon... Il va très bien, merci... Il est en vacances?... Oui. En Italie. Avec son père.

Quand ils sont arrivés, Madeleine a insisté pour les emmener faire un tour du jardin, et Archibald s'est extasié devant les plants de tomates, qui étaient en fait les siens. Elle les a trouvés tous les deux très sympathiques et leur a offert une de ses conserves maison. Archibald a lu sur l'étiquette : *Tomtomato*. Ses sourcils se sont levés. Il a passé le bocal à Odette qui a réagi tout aussi discrètement. Avant de repartir, Madeleine les a retenus encore un peu pour leur expliquer la façon de récolter les graines.

— Vous coupez en deux des tomates bien mûres et vous laissez reposer dans un bol pendant deux ou trois jours. Vous retirez la couche blanche, vous rincez dans une passoire jusqu'à ce qu'il ne reste plus que les graines, et puis vous les mettez à sécher sur une assiette. Vous avez compris, monsieur Archibald?

— Oui, oui. C'est très intéressante, merci.

Quand ils sont repartis, Madeleine a dit à Joss qu'elle trouvait la façon de parler du monsieur très rigolote. Qu'elle aussi avait eu un drôle d'accent quand elle était arrivée. Mais c'était pendant la guerre. Et il fallait éviter de se faire remarquer. Elle avait travaillé dur pour s'en débarrasser. C'est André, son berger, qui l'avait aidée. Elle a ajouté qu'elle pensait à lui très souvent ces derniers temps.

Même la nuit, dans ses rêves. Que c'était sûrement le signe qu'elle allait bientôt le retrouver...

Joss a haussé les épaules et a crié *aïe*, évidemment.

## 55

## Poète, poète

Les garçons sont rentrés d'Italie.

— Vous auriez drôlement rigolé, toutes les deux, si vous aviez été là. Parce que Samy, quand il essaye de parler italien, c'est trop marrant... *Oune caaaa-fé et oune chocolato pour el bambino...* Il croit vraiment qu'il parle bien. Les gens, ils rigolaient, mais ils comprenaient quand même. Et puis, on a fait beaucoup de kilomètres, et c'était beau, les paysages dans la campagne. Les maisons, vous voyez, elles sont pas du tout comme ici. Les toits sont plus... enfin, pas pareils, quoi. Et puis, on a dormi dans deux hôtels. Et dans les salles de bains, il y avait chaque fois des petites bouteilles de shampooing, du gel douche et un mini-savon. Samy a dit que c'étaient des cadeaux pour les clients. Je les ai ramenés.

Vous allez voir, ça sent bon. Ah, et puis ouais... on est allés dans plein de restaurants aussi. Et on a mangé des pâtes tous les jours. J'vous jure, elles étaient hyperbonnes. Hein, Samy, c'est vrai?... Et les glaces... Moi, j'en avais jamais goûté des aussi délicieuses!

Tom a encore des étoiles dans les yeux, en parlant de ces trois jours avec son père. Leur premier voyage ensemble. Il est aussi très content de retrouver Joss et Madeleine, et qu'elles se soient bien entendues. C'était pas gagné, surtout avec Joss. Mais elle a beaucoup changé ces derniers temps. Et pas que physiquement... Et puis, Madeleine a l'air d'aller mieux. Ça veut peut-être dire qu'elle ne va pas mourir tout de suite. Peut-être même qu'elle va arriver jusqu'à cent ans! Cent bougies sur un gâteau, ce serait trop marrant.

Samy a demandé à Madeleine si ça ne la dérangerait pas qu'il débarrasse un coin du grenier pour se faire une chambre, Joss s'étant installée dans celle du bas avec Tom. *Fais comme chez toi, mon p'tit bonhomme*, a répondu Madeleine en mettant la main devant sa bouche, parce qu'elle avait encore égaré son dentier.

Tom a décidé de le laisser y aller tout seul. Il a croisé le regard de Joss. Elle a souri, mais s'est retenue de rire, parce que vraiment, ça tirait trop sur ses coutures. C'était encore un peu tôt, quoi.

Dans le grenier.

Samy a allumé la radio et a commencé à nettoyer et à trier. Toutes ces bandes dessinées partout, ça lui disait vraiment quelque chose. Mais quoi? Quand il était môme, peut-être. Il se rappelait effectivement que son père ador... Mais non, ça ne pouvait pas être ça. Alors il s'est dit qu'en redescendant, tout à l'heure, il faudrait qu'il pense à demander à Madeleine d'où elles venaient...

En attendant, il a tout rangé dans des cartons.

Et puis, il y a eu la chanson. Ça devait être au moins la centième fois qu'il l'entendait, mais il n'avait jamais fait gaffe aux paroles avant.

Là, il ne sait pas pourquoi, ses oreilles se sont ouvertes.

Il s'est redressé, et il a écouté sans bouger.

En respirant à peine.

Ça parlait d'un premier grand amour qui avait mal fini, qui avait fait souffrir mille morts, et qui, longtemps après, renaissait de ses cendres, devenait encore plus grand, encore plus beau. Putain, il a vraiment eu l'impression que ça s'adressait à lui... Mais ce sont surtout les mots employés qui lui ont donné la chair de poule. Du début jusqu'à la fin, il a eu les poils des avant-bras qui se sont tenus au garde-à-vous.

C'était la première fois que ça lui arrivait.

Quand ça a été fini, il s'est rassis. Sa respiration, petit à petit, est redevenue normale. Et il s'est dit que, s'il avait eu du bol, ou plutôt, non... s'il avait pu choisir... il aurait voulu être poète. Il aurait écrit des poèmes qui font se dresser les poils des bras quand on les lit. Et il en aurait écrit un comme ça pour elle, à la nana, là en bas, quand elle avait treize ans. Elle aurait kiffé. C'est pas possible autrement. Et elle serait peut-être restée. Va savoir...

TABLE

Retrouvez Barbara Constantine
sur son blog :

http://barbaraconstantine.tumblr.com

Photocomposition C*MB* Graphic
44800 Saint-Herblain

Achevé d'imprimer par GGP Media GmbH, Pößneck
en août 2010
pour le compte de France Loisirs,
Paris

N° d'éditeur : 60961
Dépôt légal : septembre 2010
Imprimé en Allemagne